Fernando Alvim

No dia em que fugimos você não estava em casa

escrituras
São Paulo, 2016

Copyright do texto ©2003 Fernando Alvim
O autor é representado pela agência literária Bookoffice
(http://bookoffice.booktailors.com/)
Copyright da edição original ©2003 Quasi Edições
Copyright da edição brasileira ©2016 Escrituras Editora

Todos os direitos desta edição reservados à
Escrituras Editora e Distribuidora de Livros Ltda.
Rua Maestro Callia, 123 – Vila Mariana – São Paulo – SP – 04012-100
Tel.: (11) 5904-4499 / Fax: (11) 5904-4495
escrituras@escrituras.com.br
www.escrituras.com.br

Criadores da Coleção Ponte Velha
António Osório (Portugal) e Carlos Nejar (Brasil)

Diretor editorial: **Raimundo Gadelha**
Coordenação editorial: **Mariana Cardoso**
Assistente editorial: **Karen Suguira**
Capa, projeto gráfico e diagramação: **Guilherme V. S. Ribeiro**
Impressão: **Forma Certa**

Dados Internacionais de Catalogação na Publicação (CIP)
(Câmara Brasileira do Livro, SP, Brasil)

Alvim, Fernando
   No dia em que fugimos você não estava em casa /
Fernando Alvim. – São Paulo: Escrituras Editora,
2016. – (Coleção Ponte Velha)

ISBN 978-85-7531-732-7

1. Romance português I. Título II. Série.

17-04141   CDD-869.3

Índices para catálogo sistemático:
1. Romances: Literatura potuguesa   869.3

Edição apoiada pela Direção-Geral do Livro,
dos Arquivos e das Bibliotecas/ Portugal

Impresso no Brasil
Printed in Brazil   Obra escrita em português de Portugal

O Amor tem letra de médico.
Não percebo nada.

Para ti.

Prefácio
Nuno Markl

Fernando Alvim. Um nome que os conhecedores do fado sabem de cor. Um homem que conhece a Guitarra Portuguesa melhor que ninguém. Um homem que...

O quê? Como assim, "não é *esse* Fernando Alvim"? Não estamos a falar do Fernando Alvim – guitarrista de fado? Não? Então de qual Fernando Alvim é que...

Ah, *esse* Fernando Alvim.

Só que, curiosamente, também não é *desse* Fernando Alvim que vale a pena falar aqui. O da televisão. O do cabelo estranho. Bom, é certo que, tal como o da televisão, *este* Fernando Alvim tem, com efeito, o cabelo estranho. Isso é uma coisa da qual ele não se livra, nem que escreva um novo poema épico que substitua, no futuro, *Os Lusíadas*. Nesse aspecto, o Fernando Alvim do fado apresenta forte vantagem.

Seja como for, com cabelo estranho ou, eventualmente, daqui a uns anos, careca, o Fernando Alvim que escreveu este livro é, pura e simplesmente, um génio. Apesar de haver quem teime em não dar por isso. Com a breca, às vezes nem ele dá por isso.

Mas é. Ele não tem ideias: ele *chove* ideias. E estamos a falar de temporais – chuvas torrenciais, ventania, casas destruídas, árvores arrancadas. Tudo isto, é claro, no bom sentido.

Algumas dessas ideias podem ser vistas nos assados televisivos em que ele se mete. O homem consegue aquela coisa difícil de acumular popularidade com arrojo e de transformar idiossincrasias em material digno de *primetime*. As outras ideias, surpreendentes, capazes de embasbacar os mais cépticos, são a matéria de que são feitas coisas únicas como a *Revista 365* (possivelmente a melhor e a mais criativa revista portuguesa) ou este livro, onde vai ser difícil encontrar o Alvim da televisão, o que se move freneticamente em frente às câmaras como um demoníaco *cartoon* do Chuck Jones, mas que não deve por isso afastar ninguém: nem os que o idolatram como ícone televisivo de culto, nem os que, tolhidos por preconceitos, o consideram um mero cromo amalucado da TV. Este é o Alvim escondido, solitário, introspectivo, de coração partido e reconstruído intermitentemente, um Alvim sincero e sem artifícios – como, aliás, o outro. Não o do fado, que esse não é para aqui chamado, mas o da televisão. Destruindo um cenário em frente às câmaras, ou chorando desamores nas páginas deste livro, o homem é genuíno. É possivelmente o tipo mais genuíno que existe no *showbiz* português, o tipo mais genuíno que eu conheço e de quem tenho a honra de ser amigo.

E é por isso que, se daqui a uns anos ele ainda estiver na televisão e ainda estiver a escrever grandes livros, é sinal de que, afinal de contas, este país não está assim tão mau como parece.

Nuno Markl
Humorista, escritor e radialista

Introdução
José Luís Peixoto

Eu sou uma introdução. Antes de nascer, ninguém me perguntou se queria ser uma introdução. Começo agora a tomar noção da minha existência. Tento saber se a minha vida é importante mas, tantas vezes, tenho dúvidas. No entanto, aquilo que sou é tudo o que sou. Não sou mais. Tenho pena. Nasci há poucas linhas e sei que sou uma introdução ao livro do Fernando Alvim, *No dia em que fugimos você não estava em casa*. Nas prateleiras da livraria, encontro-me com outras introduções de outros livros. Gosto de ser esta introdução a este livro do Alvim. Nas minhas ilusões, feitas destas linhas e destas palavras, gosto de imaginar que, cada uma das pessoas que me ler e que ler as páginas deste livro onde vivo, poderá perceber que as pessoas são sempre muito maiores do que aquilo que imaginamos delas. O autor deste livro, por exemplo, para lá de ser um bábalu maluco, é também alguém que se apaixona e que escreve cartas de amor com palavras feitas de sentimentos e de sinceridade.

Gosto de ser esta introdução porque, assim, posso dizer também que, perante os sentimentos, o mais fácil é fugir deles, o mais fácil é utilizar palavras como "lamechas" ou "piegas". O mais difícil é ter a coragem de vivê-los. O mais honesto é perceber que "sentimentos" e "inteligência" são irmãos siameses. Da mesma maneira que a inteligência é impossível sem sentimentos. Também os sentimentos são impossíveis sem inteligência. Este livro é possível. Este livro é um sonho do Alvim e a mim, pessoalmente, como introdução que sou, sinto-me feliz por a minha existência ser parte da felicidade de outra pessoa.

Dito isto, que não me parece pouco, a minha vida de introdução aproxima-se do seu fim. Antes de nascer, ninguém me perguntou se queria ser uma introdução. Agora que as minhas palavras se estão a acabar, ninguém me pergunta para onde vou. Não faz mal. Sei que a vida de uma introdução é assim. Como todas as vidas, começa e acaba. Não faz mal. Depois de mim, comigo, seguem-se as páginas deste livro, *No dia em que fugimos você não estava em casa*, escritas por este autor e amigo, Fernando Alvim. Desejo que a coragem de escrevê-las e de senti-las, se encontre com a coragem de lê-las e de senti-las. Eu, que sou apenas uma introdução, fico aqui na página 12. Gosto de estar aqui. Gosto de ser uma introdução a um livro de amor.

José Luís Peixoto
Poeta e dramaturgo

Meu amor, escrevo-te para te dizer que deixaste cá os teus brincos. Estão no quarto, do lado onde pões sempre as tuas coisas e te vais esquecendo delas à medida que sais com aquela pressa. Sempre com aquela pressa. Meu amor, tenho ciúmes desse teu emprego, dessa tua vida, porque ela me tira de ti mais que nenhuma outra coisa. Gostava que desistisses desse teu emprego, meu amor mais lindo, para eu desistir também do meu e assumirmos que a nossa profissão é amarmo-nos como se fôssemos uma empresa dessas que para aí andam a fechar e a despedir gente. Em vez de pegarmos ao emprego, devíamos pegar ao amor. Numa fase inicial amávamo-nos das 9h às 17h. E depois daí, saíamos fora do expediente e dedicávamo-nos às horas extraordinárias que desde sempre foram mais lucrativas.

Meu amor, são tão extraordinárias as horas que passamos juntos que por vezes penso que deveríamos abandonar as de serviço. Nunca mais das 9h às 17h, meu amor. Nunca mais meu amor só meu. Só extraordinárias é que faremos.

Meu amor, estivemos tanto tempo juntos desta vez que quero que saibas que todo eu cheiro a ti. O meu quarto cheira a ti. A minha cama, a minha roupa, esta carta, o teu cheiro está em toda a parte como se fosse um pólen poderoso que anuncia a primavera. Meu amor, nunca mais me saias desta cama, vem para aqui de novo, estávamos tão bem a ouvir rádio, tão quentes aqui dentro, que quando saíste juro que foi igualito a teres aberto uma janela do carro naqueles dias de geada em Bragança.

Meu amor, não me voltes a sair assim da cama. Esquece lá o emprego, a vida lá fora, o que dizem os jornais, porque nada é mais importante do que este quente da cama, ouvir a vizinha do lado a cantar Roberto Carlos sem que esta nos ouça a rir, os carros a passarem na rua com velocidades de arrepiar um qualquer radar.

Meu amor, não me voltes a sair da cama tão depressa, porque um dia destes agarro-me a ti e juro que vou encavalitado em ti até esse maldito emprego, de pijama e tudo, só para teres vergonha e não me voltares a sair nunca mais, sobretudo com aquela pressa.

Meu amor, escrevo-te como te havia prometido para dizer no fundo o que já sabes: que gosto de ti. E não é de agora. Eu gosto de ti desde os tempos do antigamente em que as mulheres usavam sombrinhas na rua, para que o sol não as incomodasse. Eu gosto de ti desde aí meu amor, e sei bem que nunca o terás notado, porque quando te aproximas todo eu estremeço, como quando o vizinho de cima fecha a porta de casa com muita força e todo o prédio ouve. Meu amor, tu não precisas de qualquer porta para te fazeres notar, porque a tua simples passagem, a tua presença, é superior a mil portas a fecharem-se com estrondo.

Meu amor, eu queria-te ter sempre ao pé de mim e ensinar-te palavras em português que eu sei que terás sempre dificuldade em dizer. Por exemplo: amo-te. As pessoas têm muita dificuldade em dizer isto em Portugal mas eu vou-te ensinar a dizer-te na perfeição. De tal modo, que quero que olhes para mim e o digas todos os dias. Até ser perfeito. Até saber tão bem como sabem os bons-dias quando ditos com vontade. A grande maioria das pessoas quando diz os bons-dias não o deseja de verdade. Deseja-se um bom dia como poderia perguntar-se se tem rebuçados para a tosse. E com o amo-te por vezes também é assim. As pessoas acham giro porque ouvem nas telenovelas a dizerem-no com tal destreza, que pensam que na vida real também é assim, que quando o dizemos, também se ouve uma música de fundo que sobe à medida que nos beijamos.

E agora que penso nisto, pergunto: Como se dirá amo-te em finlandês? Como se dirá amo-te na Finlândia? Por que é que só aí existem saunas mistas? Gostava tanto que me ensinasses coisas sobre a Finlândia que até podíamos fazer uma espécie de acordo. Eu ensino-te a dizer amo-te em português e tu em finlandês. E em nossa casa, eu só falo em finlandês com os miúdos e tu em português. E é nesta universalidade que celebraremos o nosso amor, hoje Helsínquia, amanhã Lisboa, aqui Cavaco Silva, ali Tarja Halonen, na Finlândia os Him, aqui os Delfins, em Suomi 5 milhões, em Portugal 10.

Mas não seremos mais dois meu amor. Seremos 5, seremos 10 milhões, seremos Portugal e Finlândia, o mundo inteiro se quiseres, desde que saibamos dizer amo-te na minha, na tua língua, em todas as línguas, como se de cada vez que o fizéssemos, fosse tal a intensidade, que o mundo inteiro nos celebrasse. E o mundo, é esse que vês daí meu amor. Está inteirinho, à nossa espera.

No dia em que fugimos tu não estavas em casa. Telefonei-te duas horas antes para te contar o plano e, nervosa, disseste que sim, que irias comigo desde que eu te desse tempo para escreveres uma carta a contar tudo à família. Que não se preocupassem contigo, que estarias bem, sempre com eles, deixando no armário do quarto do fundo alguma roupa para sentirem o teu cheiro e não se esquecerem de ti. E depressa fizeste as malas com tudo o que não dispensas, as pequenas coisas que guardas na primeira gaveta, tudo o que te deram até hoje, até mesmo um pequeno cachecol que dizes agora ter sido a melhor das prendas, pois não estava frio naquele dia em que to deram mas que, mesmo assim, usaste para sentires as cores garridas.

No dia em que fugimos os dois tu não estavas em casa. Bati à porta e disseste para voltar depois, para te dar mais um tempo enquanto colocavas a tua escova de dentes, os teus brincos de prata, roupa velha que sabes nunca vir a usar, mas também vinte saias, cinco pares de calças, doze blusas, um gorro a dizer *I'm not god* e uma quantidade enorme de *t-shirts* de perder de vista. Parecias decidida a ir quando, pela última vez, colocaste na tua mini-aparelhagem o disco dos Doors, na faixa "The End". E choraste, eu sei, enquanto cantavas "*this is the end my only friend*" e, em vez de limpares as lágrimas, comeste o sal que elas traziam. E, em vez de colocares o som mais alto, enfiaste a cabeça na maior das almofadas e abafaste o som que te corria na alma. Depois a carta, esta carta que aqui reproduzo, dizia assim:

"Decidi fugir daqui. Seria mais fácil despedir-me de todos vocês, dizer para onde ia, para me mandarem bolinhos na Páscoa e cartões de boas festas no Natal mas não consigo. A partir de hoje, quero que saibam que não terei morada, que tudo em mim ficou sem sítio, desarrumado, confuso e, no entanto, com um rumo que julgo ser o mais certo, não sei. Não quero que chorem por mim, não vale a pena, eu não morri, estou aqui sempre, neste quarto, nesta cama, na mesa da sala de jantar. Não chorem, peço-vos, não me deixem ainda mais triste. Vou fugir mas é como se estivesse aqui ao lado, no andar da frente, podem telefonar-me as vezes que quiserem mas aviso-vos que eu não atenderei porque trabalho até tarde. Não sei ainda para onde vou, por agora tenho apenas a certeza de que vou fugir daqui."

É esta a carta que estou a ler agora. Passaram as duas horas, na verdade passaram mais do que isso e estou aqui, em tua casa, já com a tua família que chora a tua ausência, sem coragem para lhe dizer que fui eu que tive esta ideia. Sem saber que partirias sem mim. Não posso acreditar que fugiste sem me levares contigo. Diz-me só onde estás porque, cumprindo o teu desejo, eu não vou chorar por ti.

Acordar de manhã e olhar-me ao espelho. Ver-me nele, quieto, mudo, de gesto igual todos os dias. A mesma imagem repetida, o mesmo rosto, a mesma face bucólica, a lâmina fria e afiada apontada a mim. Eu aqui, ainda eu, a passar as mãos por todo o corpo e a desejar-te neste suado reflexo. Quantas caras estranhas, quantos sorrisos benignos, quanta ânsia em te ter na palma desta mão onde agora escorre a herança de um sonho só meu. O futuro desfaz-se na água e não dentro de ti. O futuro foge-me, corre viscoso, libertino, devasso, por entre o pequeno ventre da minha banheira. Dizem-me que o futuro, esse futuro de que te falo, tem sabor a sal, um estranho ácido, dizem. Uma especiaria rara que celebra e exalta essa coisa a que chamamos desejo.

Está a ficar frio ou então sou eu que gelei mesmo com calor lá fora. Não me sinto, sei que existo porque ainda não perdi a coragem de olhar para este espelho, mas não me sinto. Chego-me mais perto desta imagem imóvel, agora mais serena, húmida, onde despejo todo o vapor que guardei na minha boca para te desenhar com pormenor. Primeiro, o teu nome. Depois, o teu corpo, os teus lábios carnudos de batom rosa-choque, os teus olhos muito redondos, os teus cabelos, a tua alma que patina alegre no meu vapor. Que linda estás, que bom seria se não te derretesses e ficasses sempre aqui, neste vapor quebradiço onde agora arrasto a língua, saboreando a água fresca que me vem de ti.

Ainda não me esgotei, ainda aqui estou, ainda não saí de ti, estou aqui, agora, com uma persistência velhaca, a contar-te histórias muito antigas como aquela que já não te recordas. A história da menina que pensava não saber amar, pois lhe tinham dito, na sua tenra idade, que o amor é coisa de graúdos, de idade adulta, a que nunca chegaria com o seu olhar infantil. O mesmo olhar que tratou com cuidado as pequenas coisas a que se foi dedicando na esperança de que um destes dias o amor lhe aparecesse sem avisar. E o amor não vinha nem dava sinais, não porque não pudesse aparecer mas porque já lá estava. Porque o amor não aparece, germina. E então um dia percebeu que o amor era aquilo, uma coisa muito simples, nada complicada, uma desilusão até em nada semelhante ao que ouviu dizer por aí. E então percebeu que sempre tinha amado, embora não soubesse. E que sempre tinha sido muito feliz sem gozar da plenitude dessa felicidade, porque pensava que havia uma outra, como versão melhorada da mesma coisa. O amor, de facto, nunca veio porque já tinha nascido, com ela, sem que disso se dessa conta.

O amor não é palpável nem voa nos céus em formatos cilíndricos mas vê-se nos quadros, no cinema, no abraço quente tão apertado como os outros e sem espaço para nenhum outro.

Escrevi o teu nome em todas as paredes.
À medida que avançaste pela Avenida da Liberdade, o teu ar de espanto foi aumentando até ao clímax absoluto que se deu no preciso instante em que viste, no cimo do céu, uma avioneta que transportava um pano enorme com a frase *I miss you baby!*

Como sempre, foi pouco para ti. Porque eu saibo-te a pouco, porque te saibo a nada, porque eu não existo, pronto. Não te vejo, mas sinto-te. Não estou contigo, mas tu estás aqui. Dentro de ti está tudo muito escuro, mas aqui deste lado, enquanto o primeiro sol da manhã me entra pela janela como se fosse uma brisa muito fresca, o tempo está claro.

O teu cheiro está sediado na minha alma. Não adianta disfarçar. Não vale a pena. Chorei tudo o que havia nos meus olhos, não existe mais nada aqui. Estou seco, como naqueles dias em que acordas com o deserto na boca.

Vivo todos os dias contigo, mas tu não. Vives sem mim e isso irrita-me. Ainda hoje não aceito isso. Castigo a toda a hora as minhas sobrancelhas por tua causa. Mas perdi a esperança.

Toda. Estou fodido no cais do embarque, com o bilhete na mão, com toda a gente a olhar para mim e tu lá longe, com o teu motor, vestida de *ferry-boat*, em tons de laranja e preto. Sem sequer olhares para trás, sem teres atrasado deliberadamente a hora de partida, sem que tenhas feito algum esforço para queimar uns minutos, dando-me tempo de chegar. Eu sou esse que vês daí, do alto mar, de braços erguidos ao céu, a gritar o teu nome, como um louco, como alguém já sem vergonha de ser visto como tal. Quero lá saber.

Eu sou a ira, a mágoa em forma de homem. Tu és o barco que corre sem misericórdia, para o mesmo sítio de todos os dias. Eu sou esse mesmo que te perdeu no cais do embarque, tu és aquela que nunca me esperou. E mesmo assim, ainda hoje, ali ao lado da Praça do Comércio, finjo que vou comprar o jornal para saber as últimas, e olho para o infinito, na esperança de te ver um dia, sem pressa de partir.

Mas o teu vestido de ferro não se inibe com as minhas lágrimas de aço. E a tua voz parece-me agora um sinal de partida, repetido, igual a todos os outros, monocórdico, como um sinal de interrompido de um telefone há muito cortado. E só agora percebi o que dizes e afinal era tão fácil. Dizes que és o que eu sempre soube. Um *ferry-boat*. Isso mesmo, um barco que parte à hora certa, com o destino marcado, sem poder esperar por ninguém, sem nada que o impeça de partir.

A minha primeira namorada chamava-se Luísa e foi a minha primeira mulher. A primeira a ouvir as palavras "amo-te" que me soaram tão estranhas e no entanto tão autênticas, tão reais. A primeira a dizer-me olhos nos olhos que eu lhe fazia falta e que me amaria até ao final dos meus dias.

Mentiu-me, tenho aqui as provas, imensas cartas com o carimbo de envio em envelopes suados e escritos à mão. Diz aqui tudo, não há dúvidas, com as letras todas, que me ama, que eu lhe causo dependência, que nunca isto e aquilo, onde é que eu estive até agora, que não consegue viver, que já lhe custa respirar e que me promete amar para além dos dias. E eu aqui, sem ter notícias há mais de cinco anos, todos os dias a ler as mesmas cartas, estas, que estão aqui, que dizem isto, como eu sou lindo, que as estrelas brilham cintilantes, não me deixes, tu fazes-me feliz, és tudo para mim. E eu?

Eu ainda aqui estou, a acreditar nas palavras, a sofrer todos estes dias, a não perceber porque raio nos separámos se nos amávamos tanto, tanto. Sem justificação para aquela tarde em que ambos chorámos por antevermos o fim, sem nada que nos valesse para mudar as coisas, esgotadas que estavam, na certeza de naquele instante, no último dos momentos, quando lhe disse ao sair que tinha a certeza de que aquela seria a última vez que a veria, estaria longe de pensar que fosse mesmo verdade. Que não era nada disso, que não tinha certeza nenhuma, que também eu lhe menti enquanto desci os três andares que ainda a separam da Avenida General Humberto Delgado.

E com isto nunca saberá o que chorei por ela naquele dia, enquanto descia as escadas e conduzia frenético pela tal avenida destemida, com os meus olhos aguados, soluçando a esperança de a ter já dali a pouco sem que nunca acreditasse que aquele era mesmo o fim.

Chamava-se Luísa, foi a minha primeira namorada. A primeira a fixar o meu olhar na nudez agreste do tecto do quarto, pensando só nela, indefinidamente nela, no doce cheiro a baunilha, no meu sorriso raro e largo, na forma terna e imensa com que me agarrava. Depois dela, amei outras, talvez mais ainda, mas, de todas, ela foi a primeira a quem eu disse "Amo-te" e me escreveu isto numa das últimas cartas que me entregou: "Os grandes homens não são aqueles que vencem sempre, mas sim aqueles que nunca desistem".

Gosto de coisas tristes mas contentes. Não disse isto, desculpa, o que quero dizer é que gosto de coisas felizes mas tristes. Ora, "a mesma coisa", dirás! Talvez, mas o que te quero revelar é que sinto que sempre gostei de chorar quando estou alegre. A tristeza mais bela de todas é a felicidade com lágrimas nos olhos. Agora sim, exactamente isto. O contrário aqui não é verdade. As coisas tristes são realmente tristes, não havendo para mim qualquer beleza nelas. Ontem chorei no concerto dos Goldfrapp e pensei em ti. Não me perguntes o porquê, porque não sei. Nem tudo tem que ter uma resposta. Chorei, admito, como um rapazinho que não aguenta a emoção de ver a mãe chegar de uma viagem muito longa.

Há muito tempo, durante a minha infância, o meu pai fazia-me algo de muito parecido quando, religiosamente, chegava a casa por volta das seis e meia da tarde. Lembro-me bem, como se fosse hoje, que a minha mãe, conhecedora como ninguém da silhueta dele me dizia "vem ali em cima o teu pai" e eu, não duvidando nunca desta sua sensiblidade, corria de braços abertos a rua inteira para encontrar o regaço do meu pai, que me dava dois beijinhos e me trazia de volta, como recompensa, às cavalitas. Tinha seis anos, talvez menos, talvez mais, não sei, mas o que guardo daí era o meu pai parado no meio da rua, a rir-se, de braços abertos como se fosse um deus, orgulhoso e atento aos carros que passavam, à minha espera para me atirar ao ar como só um pai sabe fazer.

E depois daí, do alto dos seus ombros, sentia-me maior do que tudo à minha volta e acenava à minha mãe que, com um lenço branco e humor refinado, gritava "ai que rico filhinho, ai que bela prendinha!".

Se um dia for pai, gostava de ter um filho que fizesse o mesmo por mim, que corresse para mim como eu corria para o meu, que me amasse tanto como ele amava (e ama, presumo) e me esperasse religiosamente como eu o fazia, todos os dias, aguardando o sábio sinal da minha mãe que me dizia sempre, todos os dias antes de partir, "vai pelo passeio, pelo carreirinho (assim é que era), tem cuidado com os carros".

Ainda hoje, com 26 anos, perdi a esperança de fazer com que a minha mãe e o meu pai deixassem de fazer os mesmos pedidos, as mesmas recomendações, os mesmos avisos. Invariavelmente, "não chegues tarde a casa", "fecha as portas do carro", "telefona quando chegares". Não há maneira de os fazer desistir, da mesma forma que se torna complicado desistir de alguém, de fazer as mesmas perguntas, de clamar idênticos pedidos. Não há outra forma, a não ser habituarmo-nos a isto, mesmo que nos pareça igual a sempre, mas desde que nos saiba tão bem como das primeiras vezes.

Sendo assim, não resisto a uma estranha analogia entre tudo isto de que te falo e a paixão que sinto por ti.

A minha paixão por ti é eu ser órfão, viver num reformatório e esperar pela visita de alguém que me tire dali. Calma, ainda não é isto. A minha paixão por ti é estar numa fila imensa com meninos mais bonitos que eu, bem melhor tratados, mas mesmo assim, fazendo tudo para que me escolhas e me leves para fora. Porque é a ti que eu quero e a mais ninguém. E mesmo quieto, estou aos saltos cá dentro quando te vejo, mesmo mudo, estou a gritar para que me leves daqui, faço força com os olhos para que fiquem maiores à tua passagem. E mesmo que não me leves desta vez, fico à espera de outra, e mais outra, até ao dia em que não sobra mais ninguém, e que só estou eu ali, sozinho, sem mais meninos bonitos, sem mais nada, quase nu, com uma roupa velha e suja, à espera que me agarres. E se, mesmo assim, não o fizeres, quero que saibas que dali não saio sem ti, mesmo que ali fique, para sempre, toda a vida, na certeza de que não me vendi a outra pessoa, na esperança de que tu voltes. Porque é o teu regresso que me importa, porque é esse bocadinho em que te vejo que me faz ficar de lágrimas nos olhos mas contente cá por dentro. Porque é mesmo isto, é mesmo isto que eu penso, a mais bela das tristezas é a felicidade com lágrimas nos olhos.

Escondo-me debaixo da tua cama para te sentir ao deitar. Vejo primeiro os teus pezinhos de lá a chegarem-se muito a mim e sinto vontade de os trincar, mas nesse preciso instante eles elevam-se e desaparecem do chão. Aqui ficam a descansar as tuas pantufas, com dois coelhinhos nas pontas de orelhas pontiagudas, como que à espera que eu lhes segredasse algo que nunca tivesse revelado. Rio-me sozinho enquanto apagas a luz e sinto-te a beijar a almofada como se estivesses a cumprir uma promessa. Sorrio. Estou debaixo de ti como que debaixo do mundo e agora só ouço a tua respiração que lentamente me convence que entraste no reino dos sonhos, onde aí sim, tu sabes poder ser o que quiseres, sem que nada te possa impedir de fazer o que quer que seja, nem muito menos privar-te dos pequenos prazeres que encontraste no cimo das nuvens. O sonho. Entro no teu sonho por uma janelinha que abriste só para mim, como no "Tom Sawyer", em que se fugia a meio da noite para partir à aventura. E assim, fugimos os dois por um campo imenso, com caminhos muito estreitos e sinuosos que se iluminam à medida que passamos e desaparecem quando olhamos para trás, como que a quererem dizer que devemos ir em frente. Paramos. Respiramos ou suspiramos, não sei. Olhamos definitivamente um para o outro como se nunca nos tivéssemos visto e procuramos encontrar defeitos físicos que sabemos de nada interessarem. "Que boca tão feia", digo. E tu respondes "Tens um nariz igual ao do Júlio Isidro".

E o diálogo continua:

— És uma chavala.
— E tu um puto.
— És mas é uma menina mimada.
— Mimado és tu, que és o filho mais novo, eu não.
— Parva.
— Estúpido.
— Olha que eu bato-te!
— Bate, bate, anda lá, mostra como és macho.
— Olha que levas um açoite como as meninas pequeninas!
— E tu um pontapé, como os homens grandes.
— Não tens coragem?
— Tenho, tenho.
— Experimenta, a ver se não comes também.
— Comes o quê?
— Um estalo, por exemplo.

E é aí que simulo que te vou bater e nesse preciso instante aninho-me e digo "anda, salta para as minhas costas como se eu fosse um cavalinho". E tu gostas e trepas para cima de mim, toda contente, agora a galope, pelos mesmos caminhos que agora são percorridos com mais dificuldade por mim. "Anda cavalinho, anda", dizes enquanto saltas. "Lindo, lindo, és um cavalinho bonito, assim é que é." E enquanto vais falando descreves as coisas que tu e eu vamos vendo ao mesmo tempo.

"Olha que bonito… aquelas casinhas lá ao fundo. Que giro, olha ali, parece um riacho, escuta… escuta…" E os dois paramos enquanto tu desces e te agarras muito ao de leve na minha cintura. "Ouve", dizes baixinho. "Ouve a água a correr, que deve ser uma nascente pequenina que está para aí." Eu não digo nada para não interferir no silêncio e tu continuas. "Era bom ficarmos sempre assim, aqui juntinhos, não era? Mas não pode ser, pois não? Por que é que tudo tem que ser assim?" Não tenho coragem para responder porque sei que, se o fizer, tu vais dizer-me para eu não ser assim, e então escondo-me num perturbador silêncio que tu interrompes para me questionar "O que tens? Não achas que já tenho feito muito por ti? O melhor é não falarmos mais, é melhor, não é? O melhor é irmos já para casa e cada um para o seu lado, porque a vida continua, a vida continua, vais ver". É curiosa a forma como te tentas convencer a ti própria, como se acreditasses naquilo que estás a dizer. Continuo sem dizer nada, mas solto um suspiro que se confunde com o vento e diz, entre muitas outras coisas, que eu não posso continuar assim, que é impossível separar-me de ti. E tu dás-me a mão e agarras-me como se me estivesses a agarrar para sempre enquanto me olhas bem dentro dos olhos e dizes "Só sei o quanto te quero, só eu sei o quanto te aguardo". E enquanto dizes tudo isto sinto a tua pele na minha, a tua boca, as tuas mãos, o teu cheiro, enfim, tu inteira sobre mim enquanto a lua se esconde por detrás das nuvens para nos deixar mais à vontade. Mas tudo isto é um sonho, tudo isto não passa de uma doce ilusão porque eu continuo debaixo da tua cama a olhar para as pantufas, agora sabendo que não são coelhinhos com orelhas pontiagudas, mas sim dois cãezinhos de orelhas em riste. Acho que me disseste isto durante o sonho… terá sido?

É claro que tu não percebeste. Como sempre não entendeste que eu só te telefonei para dizer que estava com saudades tuas, como se isso te interessasse para alguma coisa, como se todas as minhas palavras parecessem um qualquer exercício provinciano de sustentação do teu ego. Eu sei que não precisas. Que tu estás demasiado no teu mundo e não precisas de mais ninguém, como se não tivesses mais espaço. Telefonei-te depois de ouvir "Thinking of you", do Lenny Kravitz, na secreta esperança de que por um só segundo tu tivesses pensado em mim e nas outras canções do álbum *Five*, entre as quais – sim, essa mesma – "I belong to you". E a partir do momento em que tu dizes que queres comprar um gelado, eu derreti-me e transformei-me num Corneto dos bons. A verdade é só esta: a partir desse momento, da mágica inocência desse teu desejo, eu fui o teu gelado e por isso é que não desliguei. E por isso é que empatei o tempo suficiente para que não o fosses logo comprar e assim me desses a doce ilusão de que eu valia mais do que um Perna-de-pau, do que um Solero, do que todos os outros gelados. E à medida que falavas era como se eu fosse o teu gelado, sentindo-te a trincares a fina casca que me envolve antes de chegares ao recheio. Estou todo derretido, estou a sentir-me trincado em pedacinhos muito, muito pequenos e todo eu flutuo na tua boca, em mariposa ao sabor da tua língua. E tu enrolas-me, saboreias-me e por fim empurras-me para um poço muito escuro, onde vivo à espera de todos os outros bocados de mim que eu sei que ainda aí vêm. Antes mesmo de me trincares passas os teus lábios por todo o meu corpo deixando um rasto húmido e perturbador que me deixa à espera da última trinca. Aquela que me faça desaparecer. Nada mais interessa; por uma tarde eu já fui o teu gelado.

Deve ser diferente passar um fim-de-semana sem ti quando tenho a certeza de que na segunda-feira, logo ao início da tarde, te posso encontrar no sítio que tu sabes e onde falas para todos como se fosse para mim. Ontem, sábado, festejei o Santo António e bebi duas ginjinhas a pensar em ti. Dois copos muito pequenos que engoli em dois instantes. Deixaram-me um sabor a groselha que ainda guardo no canto da boca, no lado esquerdo. Tenho saudades tuas. Não importa dizer-te de outra forma porque todas as metáforas que pudesse construir para o fazer quereriam apenas exprimir aquilo que te acabei de dizer. Fazes-me falta.

Imagino-te a fazer as malas e a pensar nas coisas que levas no teu saco. Deixa-me adivinhar. Fazendo as contas até quinta-feira, e partindo do princípio que partes hoje, deduzo que vás munida de quatro pares de meias, quatro pares de slips de várias cores, quatro toalhas de rosto, um batom, três blusas, a tua única saia, dois pares de calças, escova de dentes, duas embalagens de Guronsan, pasta dentífrica Colgate-Palmolive, champô Linic para cabelos claros, um amaciador, sandálias que compraste na Feira de Carcavelos no verão de 96 e os meus dois livros escondidos no fundo falso da tua mala, onde guardas também um CD dos Live, juntamente com uma fotografia do vocalista, recortada numa *Bravo* que encontraste no cabeleireiro. Não é justo. Não se aceita que no meio de tudo isto não me tenhas arranjado um espaço muito pequeno para eu ir também contigo curtir o sol da Zambujeira e verificar de uma vez por todas se usas fato-de-banho ou preferes biquíni. Nada interessa, a única verdade é que fui abandonado sem misericórdia como um animal de estimação que se deixa às portas das férias de verão. Aposto que nem sequer pensaste em mim e arrisco que não voltaste a ler a primeira das minhas cartas. Terá sido votada à escuridão de um qualquer cesto de papéis nojento, com cascas de banana lá dentro e recipientes de iogurtes com muitos dias.

Daria tudo para saber o que estás a fazer neste momento, mas se a realidade me ferir talvez seja melhor ignorá-la. Para mim, o ideal é imaginar-te encostada a um canto da cama a fingir que dormes e a pensar na vida, sem conseguir esconder a lágrima que te cai do rosto e que disfarças contra o lençol de fino linho cor de prata que cobre o teu corpo dourado. Quero-te muito triste, a passear vagarosamente nas ruas como se fosse nas nuvens, não ligando aos outros que passam e fazendo de conta que estás sozinha. Quero-te em bicos de pés, olhando de soslaio o tempo e os minutos que faltam para te cruzares comigo no largo corredor do Pavilhão Atlântico, na certeza de que tudo farás para que os segundos passem mais depressa e sem mais demoras me juntem a ti. Peço-te de joelhos que adiantes os ponteiros do relógio do mundo para que os dias passem mais rápido, para que não custe tanto assim. E tudo o que te peço e imploro, tu sabes que é tudo o que penso e desejo. E tudo o que penso e escrevo é tudo aquilo que um dia espero que me venhas a dizer, muito baixinho, junto à minha orelha, para só eu ouvir.

Quatro da manhã. É já segunda-feira mas para mim ainda é domingo e quero que saibas que ainda estou a pensar em ti como se fosse ontem.

Era um dia de chuva intensa, estávamos na auto-estrada a caminho da casa dos teus primos que, mais uma vez, nos convidaram para um fim-de-semana na pequena aldeia que ainda habitam nos dias de hoje. Tínhamos prometido que nenhum de nós poderia adormecer durante o caminho, mas tu perdeste quando deixaste cair a tua cabeça sobre os meus ombros e mais tarde sobre a cintura. Eram cinco da manhã. A essa hora e nesse sítio, era difícil ouvir rádio sem interferências no carro e, sinceramente, com o tempo que estava era impossível abrir a janela. Estive tentado a parar para te fazer companhia, mas a pressa de chegarmos a tempo e a certeza de nenhum lugar ser suficientemente seguro fez-me continuar. O percurso entrava então numa fase mais sinuosa. Olhei para ti enquanto dormias e o teu olhar frágil e indefeso apelou ao meu sentido mais básico, mais cobarde e – desculpa, amor – mais animal. Deus sabe o quanto me penitenciei por isto, mas a tua blusa de azul cetim não me deu outra alternativa. Comecei a desapertar cada um dos seus botões e, enquanto te colocava numa posição mais confortável, observei o teu rosto em toda a sua esplendorosa totalidade.

Este parecia estar a olhar para mim e não para o tecto, embora soubesse que nenhuma das coisas fosse possível. Foi aí que a minha mão deslizou sobre ti, como se nada nem ninguém fosse capaz de a deter, percorrendo, de peito inchado e montada a cavalo, todo o teu corpo enquanto dormias embrulhada em sonhos de algodão doce. E, daí a pouco, senti os meus lábios a trincarem-te de forma pouco geométrica, enquanto procurava com surpreendente dificuldade desapertar o cordão das tuas calças. "Estou a sentir-me um velhinho demente", pensei, enquanto olhava para o espelho retrovisor, na esperança de que este me fizesse um homem melhor, levando-me a mão à consciência e não ao fundo do teu corpo onde me encontrava alojado na plenitude de todos os meus sentidos. Daí para a frente, só os meus dedos falavam, tentando revezar-se em sincronizados movimentos que te levariam em breve a um estranho suspiro de desejo e a um súbito embaciar dos vidros do carro. Carro que por pouco não nos levava ribanceira abaixo numa queda íngreme e vertiginosa onde se acabam os sonhos e se apagam todas as luzes.

    O carro seguia os meus dedos. Nos caminhos que percorríamos não existia ninguém a quem pudéssemos perguntar se aquela seria a direcção a seguir, nem muito menos uma placa que nos informasse devidamente em que localidade estávamos. Não há ninguém nesta rua, não existe outra vida a não ser esta e, tal como no princípio da humanidade, há apenas a seiva do desejo que percorre a minha mão, os meus dedos, a minha boca. Enquanto não acordas aproveito para te dizer que te amo e que te quero para sempre, mesmo sabendo que não me amas e não me queres ainda que só por um dia. Enquanto te digo tudo isto sou invadido por uma inesperada vontade de parar, o que te fez dizer, em tom sôfrego e bem acordado, "Foda-se, não pares agora".

Contei e eram três. Repeti mais uma vez e dava sempre a mesma conta. Três. "Três, é a conta que Deus fez", pensei. E assim foi. E, num repente, eram três homens armados até aos dentes a darem-me porrada numa rua escura (penso que em pleno Bronx), contudo – e foi a minha sorte – sem usarem armas. Já o meu avô me tinha dito que desde que se inventou a pólvora se acabaram os heróis. E enquanto rebolava pelo chão e contava todos os paralelos sujos e mal amanhados daquela rua imunda que, dizem, durante o dia vira mercado de carne para turistas ávidos de novas aventuras, reparei que nunca, em nenhum momento, pedi clemência, nem perdão, nem chamei por alguém, nem tentei fugir, nem nada, percebes? Em vez disso, encolhi-me todo, dobrei-me para dentro de mim e coloquei as mãos em volta da cabeça, esperando que em breve deixassem de me bater sem que eu soubesse porquê. Isso me bastava e, por favor, não me façam perguntas. Os três homens saíram como entraram. Mudos, frios, sem eles próprios entenderem muito bem aquilo que tinham feito. Não houve lugar a despedidas mas apenas a um último pontapé no estômago que, aqui entre nós, até me soube bem.

Tinha começado a noite num restaurante chinês. Esta mania parva que eu tenho de pedir a ementa sem saber o que ela significa custou-me uma indisposição que ainda hoje dura e me faz acordar a meio da noite com hálito a ervas doces e pato com laranja molhado em – com mil raios! – molhado em sopa de aguardente de perninhas de rá. Era a primeira vez que saíamos juntos, tinhas aceitado o convite no limite da tua paciência devido a um telefonema que durou mais do que seria de esperar e numa altura – deduzo – de maior fragilidade, em que não conseguiste resistir à minha promessa de me portar bem durante todo o tempo… aceitaste porque sim. Pronto, lá estava eu à tua frente, no restaurante chinês, por contingências da vida e sobretudo devido ao estado precário do último saldo revelado pelo papel do multibanco. É curioso, mas ainda hoje, quando vou levantar dinheiro e carrego no botão de outras operações para "checar" a minha conta, fico sempre com a esperança de encontrar um número com quarto dígitos e três zeros antes do fatídico cifrão, o que, em abono da verdade, nunca aconteceu.

Onde é que íamos? Pois, estávamos os dois frente a frente a jogar ao sério. "O primeiro a falar paga a conta", disseste. E o desafio fez com que pedisses o prato olhando para o empregado com cara de filho de pai coreano, mãe paquistanesa e avó tailandesa, com gestos muito precisos para a ementa que seguravas na tua mão, enquanto tentavas não te rir para que continuasses em jogo. O filho-da-puta do chinês, cabrãozola, para mim filho de pai iraniano, mãe croata e tia-avó japonesa, olhou para mim e disparou a fazer perguntas. O que é que quer beber? Tudo bem, foi fácil. Sobremesa? Menos mal. Mas porque raio teve logo de me perguntar o nome, obrigando-me a abrir a carteira e a entregar-lhe um cartão pessoal que fiz numa dessas caixas que se encontram à entrada dos centros comerciais?

O jogo continuou. Não parecíamos dispostos a desistir, e o silêncio… engraçado, não era perturbador. Parvo, como sempre, comecei a imitar o homem da Martini, com as mãos nos lábios, tentando suduzir-te, de forma lasciva e inconveniente para o casal ao lado, que, sem conversa nenhuma (embora pudessem falar), encontraram em nós um motivo suficiente para uma noite mais comunicativa. E tu, a imitar a gaja do novo programa da SIC, com o teu segundo dedo da mão direita (a contar da direita para a esquerda) como se me convidasses a trepar por cima da mesa e a esquecer os delicados pratos chineses, feitos à mão, por uma chinesinha anã já falecida – que Deus a tenha e nos proteja a nós e a mim em particular. E pronto, nada feito, optei por jogar por baixo, por baixo da mesa, descalçando-me mesmo antes de meter o pé que – oh meu Deus! – se transformou numa verdadeira árvore trepadeira. Mas os meus galhos em breve encontraram nas tuas mãos uma tesoura que me fez ficar por ali e de forma envergonhada regressar à base, digo, sapato.

Já parado, na inquietude do momento, pedi-te desculpa pelo sucedido. E o chinês que não chegava. E tu que não falavas. E na mesa ao lado, o casal estranhava o teu amuo e fazia apostas. Os dois divertiam-se a tentar adivinhar o que se teria passado entre nós. Ela considerava-me culpado. Ele concordava, mas dizia que tu eras pouco compreensiva. Os dois brincavam com os narizes e ela mandou-lhe um estalo quando este lhe tentava dar um beijo. Má ideia: nesse preciso instante levei também um estalo, mas de ti, que afinal estava há mais de cinco minutos a olhar para o lado sem te ligar nenhuma, enquanto tu continuavas a analisar o meu comportamento.

— Desculpa, amorzinho! Amorzinho!
— Quantas vezes será preciso dizer-te para não me chamares amorzinho?

— Amor, não foi por mal, é aquela história dos diminutivos, sai-me sem eu conseguir controlar. Eu já percebi que é mau mas não estou a conseguir emendar. Desculpa, a sério, por que nome queres que te trate?

— Por senhora sua amada.

— Não, isso não, amorzito?

— Como disse?

— Senhora minha amada, compreenda, eu bem sei que pareço oco mas olhe que vai muita coisa cá dentro.

— Sim, deve ser areia e caipirinhas.

— Desculpe, mas engana-se. Vai aqui um congestionamento de ideias, de conteúdos, fique sabendo que estudei até ao terceiro ano de Engenharia Publicitária. Não subestime por favor a minha inteligência.

— Certo, pode até ser inteligente, mas de que lhe valem os neurónios se não tiverem espírito de grupo? Será que não percebe, meu rapaz?

— Não, minha querida senhora, a sua beleza perturba-me e, se permite, peço-lhe com delicadeza para que me deixe provar o suco dos seus lábios enquanto a comida não chega.

A comida chegou nesse momento. Cabrão do chinês, filho de um indonésio proxeneta, de uma mãe indiana e neto de um colombiano assassinado à porta de casa no longínquo ano de 1983, com quatro, quatro calibre 45, bem no meio da orelha esquerda. E o cheiro da comida. E o teu cheiro. E também o meu, fundiram-se num só e foi o cabo dos trabalhos até vermos o fundo dos pratos onde a falecida chinesa anã desenhou um casal de chineses numa posição pouco ortodoxa. E depois da conta seguimos em frente para a tua casa, e eu deixei-te com a promessa de te ver amanhã, não ligando ao teu aviso.

Àquela hora da noite, sabia eu bem, era preguiçoso ir por ali sozinho e poderia meter-me em sarilhos. E, talvez por isso, por não ter ligado ao teu conselho, estou aqui estendido, neste chão imundo, a olhar para nada e a pensar "será que a esta hora ela está a pensar em mim?".

Já te tinha dito para não brincares com essas coisas de um dia tu seres eu e eu seres tu. Pedi-te por tudo para parares com isso mas quis a tua casmurrice de menina mimada que continuasses a dizer de forma insistente que um dia isso iria acontecer. E aconteceu.

Acordei numa destas manhãs com uma vontade sôfrega de me ver ao espelho e demorar muito na casa de banho para me pôr bonita. "Bonita?", pensei. Mas que raio me foi acontecer, como posso estar há mais de meia hora a preparar-me para sair e a colocar batom nos lábios e rímel nas pestanas. Foda-se, com mil raios, que vontade é esta de usar a saia da minha irmã e os sapatos de tacão alto comprados nos saldos da Charles com o tal verniz que marcou uma época. "Estou louca", gritei, só agora reparando no tom feminino da minha voz, que nem os dois copos de *whisky* que bebi de um só gole ajudaram a alterar. "Meu Deus, o espelho, o espelho. Isto não pode estar a acontecer... és tu que estás no espelho e não sou eu." O meu corpo... meu Deus... o meu corpo é o teu: o teu delicioso rosto, as tuas orelhinhas, as tuas... tu sabes e aaaaaaaahhhhhhhhhh...

Não dá para acreditar! O telefone? Onde é que há um telefone? Espera… isto deve ser um sonho de certeza. Ora cá está, o teu número, espero que atendas. Mas porque raio é que está a tocar o meu telemóvel em vez do teu? Devo ter-me enganado. Ligo outra vez e acontece a mesma coisa até que ligo para mim e atendo eu, isto é, tu. Minha Nossa Senhora da Graça, perdoai-me todos os pecados mas explica-me o que é isto que eu não entendo e nunca vi e prometo desde já a partir de hoje ir à igreja com mais frequência e levar três raminhos de incenso às três capelas abençoadas por Deus Nosso Senhor que me proteja… que eu já não sei quem sou e a que reino pertenço, pois quis a má sorte que acordasse neste estado sem que o mundo me tivesse avisado. Deus santo, tu estás a falar comigo!

— Mas que merda é esta? — digo.
— O quê? — perguntas.
— Isto, isto, caramba, vês o que fizeste com as tuas preces?
— Que preces? E eu? Deves pensar que eu gosto muito de estar assim, o que é que queres que eu faça?
— Isto não pode estar a acontecer, não pode, diz-me como é que nós agora vamos sair desta? Diz-me, arranja uma solução, faz qualquer coisa porque eu acho que não vou sair de casa enquanto isto não estiver resolvido.
— Ai vais, vais! — dizes.
— Vou onde? Eu não saio daqui, podes ter a certeza.
— Pois olha que vais. Para começar, ficas a saber que estás no período fértil e que tens que começar a ter cuidado com o que fazes. Ponto número dois: tens consulta amanhã para ver se está tudo em ordem. E diz-me como é que se faz a barba que tu, desculpa, eu não vou sair à rua assim neste estado.

— Que estado? Estás a dizer que eu não cuido de mim, é isso? Estás a dizer que eu tenho mau aspecto? — perguntei.

— Não, estou a dizer que tens a barba por fazer há três dias e eu não vou sair assim. É só isso, se me quiseres ensinar, muito bem, se não quiseres, vou cortar-me toda à tua conta.

— Espera aí… primeiro pegas na lâmina e fazes duas vezes para baixo para não ferires a pele e só depois fazes para cima sem ser com muita força, pois quase sempre acabas por te cortar. Põe o *After Shave* e dá duas bofetadas na minha cara para a coisa ir ao sítio.

— Que estranho, isso é sempre assim ou já és tu a inventar uma coisa parva para eu me autoflagelar?

— É assim, garanto-te… Parece que não vês os anúncios da Gilette que dão na televisão, em que eles acabam sempre a dar dois chapos na cara, ora pensa bem!

— Pois é, tens razão. Estou a começar a achar piada a isto.

— É. É muito lindo. Estou a achar muita graça. Nunca me ri tanto. E então, e agora?

— Agora vamos ao cinema, mas à sessão das nove que eu não me posso deitar muito tarde. Amanhã tenho jogo com o pessoal em Alfragide — disseste-me.

— Tu deves ser maluca, como é que vais ao jogo se não sabes jogar futebol?

— Agora sei! Agora é que eu vou ver como é que são as vossas conversas!

— E isto também me pode trazer vantagens. Eu cá também vou saber os teus segredos. A que horas é que passas por aqui? – pergunto.

— Às oito e meia. Dou-te um toque para o meu telemóvel e tu desces, ok?

— Ok, não te demores que eu não vou sair daqui o dia todo.

As horas passaram num repente e durante esse tempo aprendi a gostar do teu corpo como se fosse o meu e produzi-me toda para sair contigo.

— Estás linda! — disseste.
— E tu estás muito giro. Escusavas de te ter penteado, mas pronto, não estás mal. Que camisa é essa?
— É do meu irmão, é linda, não é? Ralph Lauren genuína, um mimo, comprei-a para lha dar há três anos atrás por altura do aniversário. Nunca pensei usá-la mas olha, cá estou eu com ela. E tu, porque é que puseste uma saia tão curta, achas sinceramente que era necessário?
— Acho, por quê? Não gostas?
— Não é que não goste mas para ir ao cinema era escusado ires assim. Que estás boa, lá isso estás!
— Estou boa mas não sou para ti — digo, enquanto afasto disfarçadamente a tua mão, que de forma pecaminosa se tentava aproximar.
— Dá-me um beijinho! — suplicas.
— Um beijinho, não sejas patética, estás aqui a pedir-me para te abrir a braguilha, não?
— Olha, não era má ideia. Pensando bem, não era mesmo mal pensado. Porque é que não o fazes?
— Tu queres brincadeira, estou a ver. Estaciona aí o carro que já estamos atrasados para o filme.

O percurso que nos separa entre o piso -2 e o piso 0 das salas de cinema do Amoreiras é no mínimo… humilhante.

Sinto que todos os homens me estão a olhar e a situação põe-me doido, digo, doida.

— Tu estás a ver isto, um gajo põe uma saia curta e estes pacóvios põem-se todos a olhar. Será que nunca viram ou anda tudo com o cio? — questiono, sem estar à espera de uma resposta tua.

— São todos assim, habitua-te que eles são todos assim. Olha para isto, vê como se faz!

E num ápice interceptas uma rapariga que passa e perguntas-lhe ao teu jeito: "Desculpa, estou um pouco perdido, não me podes dizer onde é que são as salas de cinema?". A transeunte responde-lhe, atrevida: "Olha, as salas são já ali mas tu se quiseres entrar no meu filme acredita que é escusado comprar bilhetes! Isto claro, se a tua namorada não se importar!".

— Ela não é minha namorada — respondes, rindo-te cada vez mais — é minha irmã. Agradeço-te o convite mas talvez fique para outra oportunidade.

A minha alma está parva. Não posso acreditar que tenhas tido a coragem de te atirares a uma rapariga à minha frente e, ainda por cima, teres deixado que ela fosse embora sem lhe sacares o número de telemóvel. "Azar!", digo em tom baixo para não ouvires, enquanto passeio o meu charme pelo corredor imenso do Amoreiras, por entre os olhares atrevidos da população masculina.

— Se fossem todos para o inferno é que faziam bem! Palavra de honra que me está a apetecer perguntar a cada um deles se nunca viram. Não achas que isto é demais?

— Nada a que não esteja habituada, sabes como é!?

— Não, não sei, nem quero saber, vamos mas é entrar na sala que já estou a perder a paciência.

A sala está escura e praticamente deserta. Outra coisa não seria de esperar ao escolheres aquele filme francês pontuado ao máximo na coluna de cinema do *Expresso*.

— Os críticos do *Expresso* estão sempre a dar-nos umas banhadas, já devias saber disso — digo, enquanto te vejo a partir em direcção à última fila onde não está rigorosamente ninguém.

— Que interessa o filme, será que ainda não percebeste que eu estou aqui só para fazer amor contigo?

— O quê, na sala de cinema? — interrogo-a.

— Na sala de cinema, pois, aqui e agora, topas? — atiras, enquanto me agarras na saia obrigando-me a usar da força para respeitar a tradição e os bons costumes.

— Tu deves pensar que é assim, isto é, pensavas que vinhas ao cinema comigo e pronto, já estava, não era? Pois fica sabendo que isto não é assim, que eu não sou fácil.

Dito isto – e com que convicção! – entreguei-me nos teus braços e disse "Faz-me o que quiseres!". E tu fizeste tudo o que eu queria fazer e eu recebi tudo o que só tu poderias receber. E no outro dia, quando ambos acordámos, embora dorido, calcei as sapatilhas, vesti o equipamento, e quando me olhei ao espelho e me vi lá novamente, cantei baixinho: "*Man, I feel like a woman*".

Olho agora para o relógio. Marca 1h40. Passaram muitas horas desde que prometi a mim mesmo ligar-te. E, no fundo, não tenho uma desculpa que me ilibe de não o ter feito, nem muito menos um acidente imprevisto que dá sempre jeito, mas apenas a tal cobardia que me persegue e se funde em tons de vermelho, que me invade a alma nas noites mais quentes (embora esteja vento e frio) e me faz ficar inerte, a gozar a preguiça do verão que se despe já em tons de inverno.

Alguém decidiu colocar Miles Davis através de um site da net do qual desconheço o endereço mas que nos permite ouvir exactamente aquilo que queremos, sem termos que sugar o que nos é incutido e sem que necessitemos de dizer que não gostamos, que não é aquela música que desejamos ouvir, que não é nada daquilo que queremos a esta hora.

Uma frase ficou-me nesta noite enquanto navegava na internet, como se fizesse uma travessia pelo mundo sem destino à vista, num veleiro muito grande, perdido num oceano do qual não sei o nome, mas que fica algures entre a alma que me vai faltando e o ar que me dás quando me falas em tons de veludo e amoras doces.

A frase é esta: "Apanha o botão de rosa enquanto podes porque a flor que hoje sorri amanhã estará moribunda".

São já 2h16, agora 17h. Desculpa, neste computador as teclas ganharam estranhas formas de vida e o cansaço apodera-se de mim em impulsos descontrolados, como que a convidar-me ao recanto da minha cama que eu sei que espera por mim, fiel ao meu corpo, não se importando a que horas eu chego, desde que nela me deite com a certeza de que ela é minha.

Às vezes, nas noites de muito calor, fico acordado durante muito tempo a pensar em nada. Divirto-me a brincar com o silêncio e tempos houve em que senti que não estava ali sozinho, que alguém debaixo da cama dormia comigo, só para me ouvir respirar, e que, juro, por momentos, se sentou ao meu lado e olhou fixamente o meu corpo, desejando-o à medida que ele se tornava vulnerável ao calor e se contorcia de um lado para o outro, como se com esse movimento pudesse retirar mais frescura. Na procura incessante de lençóis que ainda não tivessem sido contemplados com a temperatura do meu corpo, com a minha boca seca, com o meu cabelo que ainda guarda o teu cheiro.

E de nada vale ficar ali imóvel à espera que tu venhas, pois tenho a certeza de que será difícil que apareças àquela hora do dia, embora confesse que é exactamente nestes momentos, quando a noite troca já de camisola com a manhã, que me ocorre esta esperança peregrina de te ver entrar, sem que nada, mas nada, te impeça de te apeares por cima de mim, em busca de um carinho, de uma festinha inocente, de um copo de água, para o entornares sobre mim, para que eu sinta sede de ti.

E dá-te gosto ver-me ali, a lambuzar-me todo, não sabendo de onde vem esta água divina que apaga o fogo que incendeia o meu corpo e me sacia a boca que atravessou uma noite inteira à tua procura. E tu decides não me acordar e ris-te cada vez mais enquanto eu me delicio com os salpicos de água que continuas a deitar, sobre mim, sem que nada te perturbe nem te faça parar, nem te detenha, nem te interrompa o sorriso desses olhos de tangerina de verão, dessas mãos feitas em gomos de prata. E é só isto que me ocorre nesta noite fria de verão, muitas horas depois de ter prometido a mim mesmo um telefonema, um sinal de vida, uma qualquer coisa de que não fui capaz. E era só isto que te queria dizer. Apenas isto. Chega?

Naquele dia tinha chegado depois de ti. Perdi a conta às horas e cheguei mais tarde do que o costume, não estando à espera que as minhas coisas estivessem à porta com um papel a dizer "traste!". Ainda assim bati, não com muita força, é certo, mas com a suficiente para acordar metade do prédio àquela hora. Peço-te para me deixares entrar e digo-te o que me vai na alma, prometendo que não voltará a repetir-se em caso algum, mesmo que seja uma festa muito importante da qual não me possa retirar antes do fim. Os vizinhos escutam atentamente tudo o que digo e a dada altura ouvem-se palmas na escadaria. "Lindo", dizem. "Lindo, que bonito, toque com mais força, tenho a certeza que ela não o vai deixar ficar aí ao frio", adiantam. Tu continuas sem dar sinais de vida e a vizinhança vai-se revezando como pode, debitando palavras de ordem "O que ela precisa, sei eu!", diz o Sr. Manuel Carrapito do terceiro-direito. "Pobrezinha, olhe que para ela não lhe abrir a porta é porque não fez grande coisa. Os homens são todos iguais", diz a Dona Germana do primeiro-esquerdo. "Saia daí homem, nenhuma mulher merece tamanha humilhação, venha para aqui que eu ofereço-lhe um copo, uma ginginha que trouxe de Trás-os-Montes, uma beleza, vai ver!", exclama João Repolho, reformado da PSP, viúvo e distinto morador do segundo-direito. Nada. Eu não digo nada enquanto me encosto à porta na esperança de te sentir a respirar do outro lado. "Com mil raios", digo-te, "se ao menos soubesses o quanto te amo, tenho a certeza de que não estarias assim. Deixa-me entrar!", rogo-te, enquanto vejo surgir por baixo da porta um papel com a mensagem: "se continuas a fazer este espectáculo, juro que te mato." E a tua mensagem assume o papel de uma ordem e, sem demora, debruço-me no varandim do andar e pisco o olho à vizinhança dizendo baixinho "isto é ela a brincar comigo, não se preocupem, podem ir todos para dentro que isto já lhe passa." Eu gostava de explicar com mais pormenor, mas seria atrevido da minha parte fazê-lo porque decerto não iriam compreender que isto é um jogo. "Percebem? Um jogo!", digo mais alto. "Ahhhh, um jogo, um jogo", diz um deles com um sorriso ainda mais malandro do que o meu. "Um jogo, pois claro, então não havíamos de compreender? Um jogo, que engraçados, um jogo para brincarem, pois claro, rapazes novos é o que dá, ora com a vossa licença, se me permitem eu vou dormir que já se faz tarde." E num repente todos aceitaram o convite e foi sem surpresa que as luzes se apagaram. "Um jogo, o caralho!", dizes. "Tu tens a mania que és engraçado, fazes de um funeral uma festa de carnaval. Vais ficar aí fora a dormir que é um mimo."

— Não és capaz! — exclamo.
— Ai sou, sou! — replicas.
— Avé Maria, cheia de graça, o senhor é convosco, bendita sois vós entre as mulheres…

— O que é que tu estás a fazer?
— Estou a rezar, por que, não posso?
— Estás a rezar, para quê? — interrogaste.
— Para tu me deixares entrar, não achas?
— Tu és muito estúpido, eu já não te disse que não sou católica, eu já não te avisei para não brincares a toda a hora?
— Eu não estou a brincar, estou mas é com muito frio, e se tu não me abres a porta eu vou morrer aqui, será que não percebes, ou queres experimentar também?
— Tu sabes muito, mas na escola onde tu andaste eu já fui professora.
— Professora de quê?
— Professora de malandros como tu, meu rinoceronte.
— Mentira, nunca te vi lá, devias dar aulas à noite, para o pessoal pós-laboral.
— Era! E para anormais como tu.
— Já que és professora, podias ao menos responder-me a algumas perguntas? Podes?
— Posso, eu não estou aqui só para te ensinar a seres homenzinho. Ora diz lá!
— Sabes o que é o sendero luminoso?
— Sei, é o movimento revolucionário do Peru.
— Então por que é que estão a combater?
— Porque no Peru não há galinhas.
— Não é nada! — digo, espantado.
— É pois! Foram todas comidas como canja.
— Parece impossível! Então e os zapatistas?
— Primeiro devias perguntar-me quem foi Emiliano Zapata! — devolves.
— Está bem, que seja, quem foi esse rapaz?

— Foi o penúltimo dos dez filhos do casal Cleofas Salazar e Gabriel Zapata. Nasceu em 1879, em Morelos, no México, e dizem que já aos nove anos, quando viu o pai chorar por lhe terem sido retiradas as suas terras pelo governo de então, jurou a si mesmo que tal não voltaria a acontecer. Emiliano foi uma espécie de Robin dos Bosques do México, percebes?

— *Tierra y Libertad*, não é?

— Vês como tu sabes, essa foi uma das suas frases mais conhecidas, muitos dizem que foi a última frase que disse antes mesmo de ser assassinado em 1919 pelo coronel Jesus Gallardo, que se fez passar por amigo dele para depois traí-lo.

— Filho da puta!

— Bem podes dizê-lo! Um grande filho da puta, foi o que foi.

— Pois, sabes de quem eu gosto, sabes? É do Che Guevara!

— Ai é, por quê? — perguntas.

— Porque morreu como um herói. O gajo nasce na Argentina, passa pelo Chile, pelo Peru, Venezuela, Colômbia, Guatemala e acaba em Cuba a lutar por um povo como se fosse o dele.

— Tu com esta conversa, aposto que me estás a tentar dizer qualquer coisa, não é? — interrogaste, desconfiada.

— Não obrigatoriamente. Gosto é de homens que lutam de forma obstinada por aquilo em que acreditam. Concordas?

— Pois, já percebi. Concordo. Mas já reparaste que acabam todos mal?

— Pois é. Mas tenho a certeza de que morreram felizes.

— Por quê? Foste perguntar-lhes lá em cima?

— Não, mesmo depois de mortos continuam vivos, não é?

— Para mim estão mortos e enterrados, não os tenho visto à noite e tu?

— Parva, é claro que eles não andam por aí mas no fundo é como se andassem.

— Pois, devem andar de óculos de sol para não serem reconhecidos.

— Depois eu é que sou o insensível. Do que tu precisavas sei eu!

— Pois, eu também sei. Preciso que estejas caladinho, para ver se eu consigo dormir.

— Então deixa-me entrar.

— Não.

— Sim.

— Vou buscar uma mantinha e dormes aí porque também não quero que te constipes — dizes em tom misericordioso.

— Que querida, que amor! Faz-me também um chazinho quente e umas torradinhas, está bem?

— Está bem, não queres mais nada? Sei lá, uns bolinhos, um leite-creme, um par de estalos nessa cara, que tal?

— Pode parecer-te estranho, mas com o frio que está aqui até isso te agradecia. Deixa-me lá entrar!

— Não, já disse. Vais ficar aí até morreres congelado.

— Caramba, és estúpida, não se deseja a morte a ninguém e muito menos a mim que sou teu conhecido!

— Eu não te conheço de lado nenhum.

— Conheces pois. Da escola dos malandros. Já não te lembras?

— Estás a ver? Tu brincas com tudo e é por estas e por outras que eu não te deixo aqui dentro.

— Aí dentro! — rio-me. — Onde?

— Ordinário. Pensas que eu não percebi, o que tu queres sei eu.

— Ai é? O que é que eu quero?

— É entrar aqui.

— Pois, não estou a perceber, acho que nunca te escondi isso, estou aqui com essa intenção desde que cheguei.

— Pois, mas aqui nunca entraste nem vais entrar, garanto-to.

— Olha, tu deves ser maluca, é claro que já entrei e saí muitas vezes — rio-me, agora baixinho. — Tu não estás bem!

— Estou bem, estou muito bem… estou até bem demais. Tu és tão bom, tão bom que, imagina, eu não te senti nem a entrar nem a sair.

— Pois… Eu também não fui o primeiro que estive aí dentro, não é? — e desta vez não consigo conter o riso que se ouve mais alto do que o costume.

— Sabes, agora tenho a certeza que tu és seguramente a pessoa mais estúpida que eu conheço à face da Terra, e só não percebo porque é que a esta hora ainda estou para aqui a falar contigo quando podia estar a dormir e a sonhar com o outro!

— Parva! Tinhas que estragar tudo.

— Ahhh, não gostas, não é? Pois ficas a saber que ainda ontem pensei nele e fiz coisas que eu própria tenho vergonha de contar.

— Que coisas?

— Mentira!

— Verdade. Nem tu sabes.

— Nem quero saber, abre-me lá a porta que o jogo acabou.

E então a porta abre-se e tudo o que eu queria fazer anteriormente desfaz-se num ápice e já só me resta o desejo de tomar um banho quente e deitar-me na minha cama, na esperança de, ao fechar os olhos, me esquecer que tu existes. Na esperança de não me lembrar sequer de como foi bom ter entrado em casa depois de tanto tempo lá fora.

O banho acabou e o percurso para o quarto ficaria marcado por uma visão estranha em que te via na minha cama, deitada, à minha espera. A visão, afinal, era real e lá estavas tu.

— Estive a aquecer a tua cama, querido (ris-te, retirando com esse riso toda e qualquer credibilidade à frase). Estive a aquecê-la para ti, para ficares com o meu calor e o cheirinho do meu corpo que eu sei que tanto gostas.

— Não gosto nada e olha que estou com calor — digo, prescindindo de todos os lençóis que teimas em colocar sobre mim.

— Anda lá, não sejas assim. Como é que podes ter calor se estão menos de três graus negativos lá fora?

— Estou com calor, já disse. Chega-te para lá, não me venhas com as tuas coisas.

— Mas agora sou eu que estou com frio, não percebes? Vim para aqui na esperança de que tu me aquecesses e é isto, não é justo!

— É mais do que justo, eu não sou nenhum aquecedor. Queres calor vai para a beira de uma lareira.

— Tu bem sabes que não temos aquecedores nem muito menos lareiras. Se tivéssemos eu não estaria aqui, não achas?

— Não. Acho que estás aqui só para me chateares, deve ser isso, não é?

— Não, é porque gosto de ti e ainda mais do teu calorzinho. Não sei se já te tinha dito, mas tu és muito quentinho — dizes.

— Pois, pois, sou muito quentinho e mais?

— Mais nada. És quentinho, não te chega?

— Chega, chega. Chega-te para lá, não te aproveites, deixa-me estar aqui no meu canto — insisto.

— Pronto, não és só quentinho. És também charmoso, amoroso, mimoso, lindo e pronto, já chega.

— Não chega nada. Continua que vais bem — digo, recuperando boa parte do meu humor.

— Pois, também é verdade que gostava de ter muitos filhos.

— E estás a olhar para mim?

— Estou, pois. Gostava que os fizesses comigo. Já que dizes que não te importarias de te casar, decerto que também não te importavas de ter uns rebentos.

— Era incapaz de te fazer um filho se não soubesse que me amavas.

— Por quê?

— Porque sim. Porque devo ser o último romântico na Terra e gostaria que o meu filho soubesse que foi feito com amor pelos pais. Não achas bem?

— Acho, acho bonito, mas sabes que isso é impossível, não é?

— Pois, não há nada a fazer, mas conheço casos em que o amor veio depois do casamento.

— Estás a propor-me casar contigo na esperança de que te ame depois? — perguntas-me.

— Não, estou a dizer-te que conheço casos em que isso aconteceu, o que não quer dizer que este seja o caso.

— Nunca se sabe.

— Pois não, nunca se sabe. Casas-te comigo? — arrisco.

— Como te atreves! Então a história de tu pedires a minha mão em casamento aos meus pais! Vês, como és mentiroso?

— Não, primeiro preciso de ver a tua opinião que é para depois não passar vergonha à frente deles, não achas? Estás a ver-me a pedir a tua mão aos teus pais e tu, depois de eles terem aceitado, dizeres "Não, não quero, que disparate vem a ser este? Retire-se imediatamente!".

— Pois, era bem possível. Mas olha que devia ser giro.
— Era, tinha muita graça eu sair dali, enxovalhado. Acho que nunca mais saía à rua.
— Uma pena! As ruas iam sentir a tua falta. E eu também, sabes?
— Não ias nada. Tenho a certeza de que se eu desaparecesse, tu não ias notar!
— Mentira, claro que ia. Eu gosto de ti, só que não é da mesma forma que tu gostas de mim. É só isso e pronto. Tenho que te dizer que... como explicar? Sabes aquela conversa do *click*?
— Pois, a conversa do *click*. — susurro.
— Pois... tive um *click*. Só que não me apetece dizer-te. Não que não mereças saber mas apenas porque não deves. É só isso, percebes?
— Não devo saber do *click*, é isso?
— Sim. É isso.
— Foda-se, isto parece uma conversa de ir ao *click*. Queres explicar-me, de uma vez, o que é que se passa?
— Foi um *click*, já disse. Foi um *click*, um *click* que tive por ti no preciso instante em que te vi. E não digas mais nada, peço-te. Era só isto que eu te queria dizer. Que tive um *click*. Mais nada. Vai para o caralho e não me fodas a cabeça.

Ainda hoje recordo o gravador de bolso que me deste, com a tua voz a dizer repetidas vezes "acorda, levanta-te por mim, dedica-me este dia". Foi no meu aniversário, só tu e eu, se bem te recordas, com a mesa só para nós, brincando em segredo com os talheres. Tu com essa cara de menina mimada, espetando o garfo no pão como se fosse em mim, e eu a rir-me, pegando na faca e levando-a ao meu pescoço, como se te dissesse que te tirava a tosse se não te comportasses em condições. E tu, doida, maluquinha, indiferente ao empregado que já está na mesa à espera dos nossos pedidos, para ele, uma ordem. E os dois continuamos sem pedirmos nada e tu, já se vê, atiras-me com o pão à cabeça. Era de prever. E o empregado nada. Eu respondo, pegando no copo de água e dando-te agora um ar mais fresco, direi, molhado.

E tu não desistes.

Bem, eu mal posso acreditar que me atiraste com o delicioso prato de azeitonas que ainda aguardavam a nossa visita. E o empregado ali. Incrédulo. Mudo. Rindo-se agora, mas pouco, depois de ver sobrevoar a escassos centímetros da sua cabeça o requintado prato de queijo da serra, já cortado em fatias.

E nenhum de nós parece desistir. Tu? Não. Eu? Nem penses. O empregado? Longe de se ir embora.

Ouvem-se os primeiros comentários. Uma estranha agitação apodera-se do restaurante, transformado agora numa imensa batalha campal, onde pais e filhos, homens honrados e amantes fiéis, empregados e patrões, secretárias sem emprego e horas de ir para casa, velhinhos ávidos de novas aventuras, pegam em tudo o que há na mesa e atiram uns aos outros, fazendo de uma noite aparentemente normal a mais intensa luta de que há memória no restaurante panorâmico do jardim de Monsanto. E todos riem, e todos cantam os clássicos de José Cid enquanto pedem alto mais um jarro de sangria. E no meu gravador peço-te que graves a mensagem que tenho aqui hoje. Diz assim: "acorda, levanta-te por mim, dedica-me este dia".

Ainda não me esqueci de ti embora não tenhas dito nada todo o dia. Ainda aqui estou. A escrever para ti, para te lembrares de mim nem que seja por este bocadinho. São quase três da manhã, não tenho sono nenhum, não tenho nada para te dizer mas não me abandones já. Prometo que vou ser interessante, que te trago novidades boas das pessoas que não vês há muito tempo, que sim, é verdade, tenho velhas fotografias de ti quando eras muito pequena, com caracóis muito enrolados, na praia, com um baldinho azul – parece-me, não sei... a fotografia não é a cores mas és tu, tenho a certeza, porque escreveram na areia o teu nome antes mesmo de te tirarem o retrato. És tu, eu sei, porque o teu sorriso se mantém intacto até aos dias de hoje, simétrico, olhando nunca para lugar algum, inocente, trémulo, brilhante, como o sol que está por trás de ti sem que o vejas. E o mar também longe e duas crianças muito perto, sem que percebas. Era um dia de maré baixa, vejo daqui mesmo ondinhas muito pequenas lá atrás com outras crianças iguais a ti a divertirem-se por entre salpicos da água. Mas descansa, nenhuma delas tem o teu sorriso, nenhuma conseguiu suster a erosão do tempo, nenhuma delas existe já, porque todas cresceram e se tornaram adultas, mães e pais de crianças com um sorriso parecido com o teu.

Os fatos-de-banho de então, os teus olhos frescos, os teus cabelos que daqui parecem ondas pequeninas, tenros, os teus braços, frágeis conchas, e os teus pezinhos, lindos, os teus dedinhos, minúsculos. Um na boca como de costume. Que vergonha, não digo a ninguém que tens as unhas roídas. Que feio hábito, quero dizer, delicioso. A tua expressão sempre à procura de algo, sem saberes que estás a posar para uma *Pentax* de 1939, perdida nas fileiras da II Guerra Mundial, encontrada nas ruas que aclamavam a vitória dos Aliados. Sorri para mim, vá, não tenhas medo, deixa-te estar assim, assim mesmo, com esse olhar desconfiado, malandro até, reguila, que se desmorona quando vês o *flash* e se ri pensando que foi outra coisa qualquer, uma brincadeira que fiz para ti. Tão lindo, esse momento. Tão deliciosa a forma como se gastou aquele rolo para brincares aos *flashes*. Lembras-te?

E aqui estás tu, meu anjo, nestas fotografias onde nunca mais cresceste, onde és sempre esta criança, esta pequena menina, esta brisa fresca. Como cresceste entretanto, como mudaste. Para a linda mulher-criança que és hoje.

A final sempre ligaste, não foste tu, fui a de sexta-feira à noite, a tal que eu trato por "meu amor". Deixou o cartão do multibanco de propósito no assento de trás do meu carro para que eu me lembrasse dela e, em vez disso, em vez de dizer que sentia a minha falta, disse-me que lhe fazia falta o cartão. Sendo assim, decerto que compreenderás que agora só me quero transformar numa coisa destas, num cartão de plástico, com uma fita magnética, com o teu nome em letras muito gastas, para me usares sempre que te fizer falta, em qualquer lado, na esquina de qualquer rua, em qualquer país, a muitos quilómetros daqui, para te fazer o câmbio que te permite teres as coisinhas de que gostas. Por isso, se daqui para a frente eu me transformar num cartão multibanco, não estranhes, pois serei fiel depositário das tuas poupanças, o mais secreto dos teus códigos, o expoente máximo da transacção cambial às mais baixas taxas, com todas as informações relativas ao euro. E talvez não saibas, mas a partir de 1 de janeiro deste ano, o euro é já a moeda oficial do nosso país embora ninguém ligue a isso, pois só a 1 de janeiro de 2002 a circulação do escudo deixa de ser possível. E, se me permites o desabafo, vou ter saudades, admito, das notinhas de 500, das de 1.000, e sobretudo da moedinha de 100, a mais bonita de todas, com Pedro Nunes, um grande matemático e astrónomo português, genial inventor do Nónio (instrumento de matemática, para medir com a máxima exactidão as fracções de uma divisão numa escala graduada), um invento introduzido num outro instrumento que servia para avaliar a posição dos astros e a sua altura acima do horizonte, o Astrolábio.

Nada mais fácil, foi só ir à internet para saber. Voltando a ti, desculpa, à rapariga de sexta-feira à noite, não importa se ela esqueceu o cartão multibanco mas sim o que ela deixou lá atrás. Aqui entre nós, enquanto procurava o maço de tabaco, que tinha ainda 5 cigarros, descobri que afinal ela tinha deixado mais coisas sem saber. O que encontrei foi isto: 3 cabelos, 24 suspiros, 38 minutos, 6 "pára com isso", 2 "liga o carro", 4 "vamos embora daqui que já é tarde", 3 beijos e apenas um "boa noite, até amanhã!".

Também detectei o cheiro dela e até mesmo algum dióxido de carbono que resistiu ao passar das horas. Não sei se sabes disto, desculpa, não sei se a rapariga de sexta-feira à noite sabe disto, mas se queres saber, não tenho grande intenção de lhe devolver alguma das coisas. Diz à rapariga de sexta-feira para não vir buscá-las.

Começo a escrever esta carta enquanto olho de soslaio para o telemóvel que insiste em não tocar. De vez em quando, como se mais nada me restasse, ouço algumas mensagens tuas que gravei para mais tarde recordar, como nos rolos da Kodak. Já não preciso da tua fotografia. Prefiro não te conhecer. Ficar o tempo todo a imaginar-te encoberta por nenúfares e perfumes da Body Shop. Sabes-me a essência de baunilha, a tua boca que dizes ser feia está entreaberta a trincar, ao de leve, a tua língua e eu imagino-me a aproximar-me de ti, de forma quase insolente, quase selvagem, sem recear que me digas aquelas coisas. "Não digas isso, pára, não posso responder." Pela primeira vez não há proibições, há um sinal azul que diz "obrigatório seguir em frente", ao qual se junta de forma perniciosa um outro que assinala "rua sem saída". Olho para ti e tu ainda lá estás, com a mesma boca entreaberta, agora já sem trincares a língua, que entretanto se escondeu não sei bem onde. "Anda, vem", dizes. "Anda, vem cá como se fosse a última das vezes", suspiras enquanto te deitas na minha cama estreita que sabes ser só tua. "Dá-me bolachinhas e o chazinho que eu gosto." Sei que dispensas chá de camomila porque te faz lembrar um feitiço, que gostas de chá de maçã embora nunca tenhas experimentado a mágica fusão com canela (eu já experimentei e é bom, sabes?). De nada interessa, de nada vale o que te possa dizer porque o que eu quero agora é dar-te à boca, como se fossem aviõezinhos, as bolachas e o chá que é servido em colheres de sopa muito ao de leve para não te queimares. Estou a ver a SIC. Acabo de assistir a um daqueles peditórios muito em voga que nos pedem para ligarmos para as linhas de valor acrescentado. Daí à ideia luminosa é um instante: fazer não um peditório mas um apelo nacional que comova uma pátria inteira e que assim junte todas as classes sociais, etárias, religiosas, políticas e afins por uma só causa. O Amor (o povo gosta destas coisas). Apareço eu com uma cara muito triste, com muito blush, muito mesmo, em tons de negro para dar um ar ainda mais penoso. Foi assim que eu disse: "Olá amigo telespectador da SIC. Você acredita no amor? Já imaginou fechar os olhos e não ver outra coisa senão uma imagem? Uma só pessoa? Já imaginou ficar quase cinco horas ao telemóvel sem pensar na conta telefónica? Já sentiu a presença de alguém ao seu lado sem que esse alguém esteja lá? Não? Pois eu sinto e preciso da sua ajuda. Ligue por favor o 0931-7433555 e diga à pessoa que eu amo o quanto a estimo e o quanto a adoro. Ligue, por favor, 0931-7433555. Os primeiros 25 telespectadores recebem um magnífico trem de cozinha". Isto seria um sucesso se acabasse aqui, mas o spot televisivo vai em frente com figuras nacionais para que a mensagem seja ainda mais forte. Primeiro o Zé (o meu melhor amigo) que diz "Olá, eu sou o Zé, o melhor amigo do Alvim, e acredita, Raquel, ele está a falar a verdade. Eu nunca o vi assim desde que o Benfica perdeu a final da Taça dos Campeões contra o PSV Eindhoven".

Segue-se o Rui Veloso com uma balada acústica, acabando com a intervenção do Presidente Jorge Sampaio que, uma vez mais, apela à serenidade e suplica "Raquel, querida portuguesa, confia no teu país. Confia em todos os portugueses. Com mil raios, este rapaz não está a mentir!".

    E o país comove-se. E o mundo chora. E tu, nada. Apenas coras de vergonha e dizes ao teu estilo "Fernando, não digas essas coisas. Eu nunca te prometi nada... ada... ada...". A tua voz, o eco inconfundível do teu nada atira-me para o vazio e cem mil mensagens de Raquéis de todos os cantos do globo invadem a minha caixa do correio onde se lê tudo o que possas imaginar. Uma Raquel de Santa Cruz do Bispo que diz ter-me visto na SIC e que admite perdoar-me se eu voltar para casa com as crianças. Outra que me insulta chamando-me misógino e insensível mas admitindo que nunca se tinha esquecido das palavras quentes que outrora lhe segredei ao ouvido. Também chegaram poemas, toda a espécie de *lingerie* (que vergonha, que vergonha) e muitas fotografias, entre as quais uma com alguém em trajes muito menores, à qual se junta uma legenda de gosto duvidoso: "O teu olhar despiu-me. Eu sou a verdadeira Raquel. Viva a Marinha Grande". E, no meio de tanta confusão, eu só penso em ti. Junto dois fósforos e queimo todo o material (algum bem bom, diga-se), mas pronto, teve que ser. Fico outra vez sem saber onde é que tu estás e entretanto folgo em saber que afinal sempre te lembraste de mim enquanto estavas no River. Não sei se foi propositado mas acredita que gostei de sentir as batidas e a voz de Alison Limerick em "Love Comedown", uma canção onde ela diz, talvez com outras palavras, que o amor a fez "descer à terra e subir ao céu". E eis que a noite, que entretanto vinha adormecendo, acorda subitamente e me faz escrever mais uns parágrafos, como que a agradecer o gesto, como que a mostrar que te estou a sentir e a dançar contigo ao som de "Love Comedown". A embebedar-me nos teus cabelos e a encostar-me a ti, sentindo todo o teu corpo que se enrola no meu, fazendo com que tudo à volta se desfaça e desapareça e faça parecer que só estamos nós os dois ali, sem ninguém, sem música, sem nada de nada e afinal com tudo. E é tudo. Boa noite, Raquel, não te esqueças do estranho ritual.

Não me lembro como é não gostar de ti, e palavra de honra que gostava. Mas não. Nada, não me lembro mesmo de ser alguém antes de ti. É como se tivesse nascido aí, no dia em que apareceste, no momento exacto da tesourada certeira no cordão umbilical, apagando tudo para trás e cosendo as linhas de novos amanhãs em pontos muito ténues.

Dou por ti em todo o lado, apareces-me na sopa, no meio dos anúncios, na lista de endereços electrónicos das malditas *Chain-letters*, no filme que está a dar na televisão onde as pessoas se parecem todas contigo. Porque disse aquilo, porque se veste daquela forma, porque tem um sorriso igual ao teu, porque tudo se assemelha a ti sem que nada faças para eu me lembrar tanto, mas tanto, ou para não te esquecer, não sei, que importa agora isso, quando se tem a certeza de que nada te faz lembrar de mim. Mas ainda assim, tu aqui, teimosamente neste lugar, como se eu estivesse num 14.º andar de um hospital militar há muito desactivado, deitado na cama, inerte, contigo a meu lado a controlares a minha temperatura com paninhos quentes.

Parece que te estou a ver, recostada na cadeira, impaciente, a olhar o tempo que passa e a dizer baixinho "Aposto que só fez isto para me deixar aqui ao lado dele! Que nem se importa comigo, que o importante é a doença dele, para mim uma constipação forte ao alcance de qualquer Aspegic mas pronto, um egoísta é o que é, um incontinente verbal, um sacana de um puto pálido que deve pensar que a vida é esta, que não tenho mais nada que fazer, que ele é o único no mundo".

E à medida que vais dizendo isto, os teus olhos crescem, adamastores gigantes de raiva avançando sem misericórdia em direcção a mim com uma travesseira na mão "Oh meu Deus, como é enorme!", irada, sem dor nem piedade, aproveitando a ausência da enfermeira entregue às delícias do turno da noite e zumba, tentas asfixiar-me num só repente pouco te importando que te diga "Mata-me, mata-me de vez!", sorvendo o último dos ares e parecendo ver já luzes e túneis intermináveis que me indiciam o início do fim da grande caminhada. E subitamente, sem qualquer razão, paras e começas a rir, a rir muito alto, histérica até, para que todos te ouçam, enquanto me fixas com o teu olhar que ostenta ainda a travesseira como cenário de fundo, dizendo "Então, não te apetece agora dizer umas piadinhas? Que bonito, que ofegante que estás! E que tal se eu te desse um beijo dos bons? Parece-te bem?" E enquanto dizes tudo isto, indiferente ao meu débil estado físico, deixas-te cair para o meio do meu corpo e, como se de uma recompensa se tratasse, inicias uma série de movimentos insinuantes, roçando a tua pele na minha, fazendo-me crer que tinha valido a pena esperar todo este tempo para que no fim te entregasses desta forma, levando-me à loucura e à tentativa de te domesticar. Mas tu, nada. Afastando-te mais para baixo, levantas a cabeça deixando-me adivinhar algo de excepcionalmente bom e perguntas "Queres?", já com a mão na tua servil e deliciosa iguaria. "Queres?", repetes agora, trincando os dentes. "Era bom, não era? Meu grande egoísta, é o que tu gostas não é? Não é? Responde. Não é? É isto que depois os teus amigos te vão perguntar para tu, modesto como sempre, dizeres que sim, que eu te fiz isto e aquilo. Mas isto não é assim, meu parvalhão. Faço-te duas ou três cenas como nos filmes e olha para ti, meu grande desgraçado, com esse olhar esgazeado de quem não come há quinze dias. Eu sei, tu queres é comer-me, não é? Tu deves pensar que eu sou mais uma para a tua loja de troféus. Mas enganas-te, não és tu que me vais comer, sou eu... eu é que te vou comer a ti e se te mexes... se te mexes, juro, que se te vejo a mexer dou-te uma trincadela tão mortífera que vais ter vontade de ter morrido aos braços da inquisição."

E eu quietinho, sem dizer nada, nem uma palavra. E tu sem dizer nada, nadinha. E lá fora, nada, *niente*, enquanto cá dentro, tudo. "Que bom, que bem que sabe", digo, sussurrando, a medo. "*Que bom!*?", respondes, deixando-me suspenso e mil vezes arrependido por tamanha insensatez. "Que bom? Mas que bom, o quê? Mas que raio de discurso é esse, eu não te disse para estares quietinho, eu não te avisei que era para tu não dizeres nada? Mas que bom o quê? Anda cá, chega-te a mim, agora é que tu vais ver o que reservei para ti". E depois disto, na escuridão do silêncio só houve tempo para te ouvir dizer: "é bom, não é?".

Está um calor insuportável lá fora. Hoje tomei banho duas vezes, remetendo para o lixo a velha tese de que os homens devem cheirar a cavalo. Para mim um homem deve cheirar a homem e uma mulher deve cheirar a mulher. Nesta ambígua dúvida existencial chego à conclusão de que tu cheiras a ti. Gosto do teu cheirinho a verdes campos, como se te rebolasses num imenso campo de erva antes de vestires a roupa. Não sei se isto é verdade, mas a confirmar-se, diz-me onde fica esse terreno para eu me alojar bem perto de ti de forma a desfrutar, sem reservas, de todo esse incomensurável mundo de feno onde te deitas sem eu saber.

Dei por mim a cantar músicas chungas, como se as letras quisessem dizer alguma coisa. Desde o "Estupidamente apaixonado", do Toy, até aquele fadinho cujo refrão é "de quem eu gosto nem às paredes confesso", tudo vale para me distrair. As senhoras da limpeza questionam-se sobre o meu estado mental. Dizem que eu não estou bem e preciso de ir ao médico. Não gosto de hospitais nem de medicamentos. Tomo muitas vezes Aspegic quando estou constipado, mas acho que já não me faz efeito nenhum. Apetece-me dizer muitas coisas ao mesmo tempo e no fundo não consigo dizer nenhuma. "Dava tudo para te ter aqui ao pé de mim outra vez." Adelaide Ferreira. Amanhã sei que vou estar contigo, mas no meio da confusão talvez não te encontre. Pior do que isso, vou perder-te. Se isso acontecer não hesitarei em recorrer aos serviços da cabine sonora para lançar o apelo no pavilhão. (Ding, dong) "Atenção, atenção, encontra-se junto à cabine central um homem que julga estar enamorado (desculpa, este termo é lindo) de uma senhora que acaba de chegar da Zambujeira do Mar. Pede-se, por isso, a sua comparência junto destas instalações de forma a removermos este traste" (Ding, dong).

Hoje entrevistei o Michael Stipe. O Trio Odemira deu-me uma seca de uma hora e meia, mas felizmente o tempo passou depressa, pois no décimo andar do Hotel Ritz, na sala onde eu estava, há uma varanda muito larga que nos dá uma vista panorâmica do Parque Eduardo VII. É lógico que pensei em ti e imaginei-me pateticamente a passear contigo naqueles jardins, de mãos dadas, em passo lento e vagaroso, que de vez em quando era interrompido para eu te apanhar um malmequer, daqueles que dão para fazer aquele jogo em que toda a gente faz batota. "Bem-me-quer", digo; "Mal-me-quer", respondes; e assim continuamos até chegarmos à última pétala onde tu e eu nos olhamos fixamente, sorrimos e dizemos quase ao mesmo tempo "não, não acredito, não pode ser". Não tenho bem a certeza mas neste mesmo jardim devem existir aqueles repuxos de água que foram desaparecendo com o passar dos tempos e nos quais é quase impossível beber o que quer que seja na companhia de alguém sem levar um banho antes. Gosto de brincar com a água, daria tudo para te fazer uma hidromassagem. Nada de pensamentos pecaminosos porque é ainda muito cedo para me tornar ordinário, até porque este termo, no seu sentido mais lato, tem algo de vulgar, e tudo o que eu pretendo é ser diferente, como um imigrante que chega de França e faz daquelas casas para impressionar os primos que ficaram sempre na aldeia e não tiveram a sua coragem para sair do país e ir apanhar morangos a norte da cidade de Bordéus.

Gostava de saber se leste os livros que te emprestei, não me parece que o tenhas feito porque me lembrei agora que levaste contigo a pequena Sofia que, em abono da verdade, não te deve deixar ler um único parágrafo. O que eu queria dizer com isto, agora de forma mais frontal, é que tenho muitas dúvidas. A ver pela paralisia facial do meu telemóvel não creio que tenhas pensado em mim muito tempo, mas nunca se sabe. Estive tentado a fazer-te uma chamadinha com uma desculpa farsola, mas decidi não interromper o teu merecido período de repouso. É certo que fiquei aborrecido por não me teres ligado uma só vez para ver se estava tudo bem mas, ainda assim, não fiquei surpreendido. Ficaria se o fizesses mas, como já te disse, parece que te conheço mesmo bem.

Amanhã vou levantar-me muito cedo para fazer um directo às 8h30 do Hotel Ritz. São duas horas da manhã e na distinta freguesia de Campolide está cada vez mais calor. Onde é que tu estás?

Há muito que não passava um fim-de-semana assim. Como este, o que se passou, um fim-de-semana inteiro sem fazer nada, preguiçoso, a rebolar pelos cantos, pelas paredes, inerte, autista, ausente, indiferente a tudo, a todos, dedicado a mim, às coisas que entretanto juntei na sala para mais tarde organizar em pastas largas e espaçosas, só minhas. Números de telefones perdidos numa folha grande, sozinhos, sem mais nada, sem saber a quem pertencem. Quase que jurava que se os visse de novo, a eles, os números, saberia de quem eram e mesmo assim, depois de vezes sem conta me ter acontecido o mesmo, continua a repetir-se. Há coisas que morrem connosco e esta é uma delas. Como esta mania de deixar todas as portas abertas, sobretudo as dos armários, que já me causou três hematomas na testa, felizmente sem consequências graves. A psicologia moderna deve ter uma explicação para isto mas eu não me entendo. Palavra que deixo tudo aberto, em aberto, não sendo por isso de estranhar que na semana passada tivesse chegado a casa mais tarde do que o costume, com o meu vizinho debaixo, penso que do rés-do-chão, já de robe, à minha espera, com cara de quem perdeu mais um episódio da novela *Anjo Selvagem* e interrogando-me se eu não me lembrava de ter deixado a porta de casa aberta.

Juro que não e foi isso mesmo que expliquei ao agente Antunes, que entretanto fora chamado pelo meu prestável vizinho. Este parecia ter receio de que a minha modesta residência estivesse a servir de refúgio a um qualquer terrorista islâmico. Pelo sim pelo não, munido de uma suja e sinistra garrafa de água mineral de Vidagus partida a meio, entrei de soslaio, ao melhor estilo James Bond, encontrando depois da porta nada mais do que o mundo onde me costumo deitar todos os dias. Só isso, mais nada.

O fim-de-semana ainda não terminou. Ao contrário do que é costume, no sábado à noite não saí. Fiquei em casa, na esperança de que ninguém se lembrasse de mim. Os telemóveis desligados, o fixo fora do descanso, as luzes apagadas, o pijama vestido, leite quente e mais um Ilvico para a primeira constipação da temporada, com a qual esgotei, em pouco menos de duas horas, três maços de lenços, com dez unidades cada. Sinto-me com o nariz no Pólo Norte, ferido de tanto assoar-me, cansado do gesto mil vezes repetido, já sem esperança de que isto passe por mais cobertores que coloque sobre mim. É das fortes, presumo. Longe vão os tempos em que se tinha uma constipação de manhã e à tarde já se estava pronto para ir à praia. Agora não, por pouco não se morre com uma gripe destas.

Tive um sonho estranho nesta noite. Não me peçam explicações, por favor, não adianta, porque ainda agora não consigo explicar o que fazia eu no cimo de uma montanha enorme, com um horizonte que metia medo, a um altura impiedosa, com vento de leste soprando na ordem dos 120 km por hora e com o Carlos Cruz à minha frente a dizer-me isto: "tem que rejeitar um dos cartões, não temos o programa todo, o 1-2-3 desta semana tem que acabar e você não se decide. Vou ler o texto mais uma vez, veja lá se é desta... É uma coisa que dá para toda a família, não chove lá dentro e faz em duas horas a auto-estrada Porto e Lisboa. O que acha que está neste cartão? Diga-me, que prémio é que acha que eu tenho aqui?".

O suor percorre-me a testa onde ainda guardo a marca do último hematoma provocado por uma qualquer porta aberta, o ar está suspenso, a imagem centrada em mim, o país parado, incrédulo. De norte a sul, o povo insurge-se, pasma, não querendo acreditar que a resposta só não é óbvia para mim. E parece-me ouvir daqui as vozes roucas daqueles que gritam em casa "É o carro, é o carro", e parece-me também que o apresentador não está disposto a ajudar-me, e tudo isto é confuso, e tudo isto me mete muito medo. Mas, se querem saber, a minha resposta foi: "É uma trituradora da Moulinex".

Penso que é desta que o verão chegou. Já há gente nas praias, as mulheres ganharam de repente um maior interesse e os dias acabam mais tarde. No novo cardápio da Olá, há novos gelados mas nenhum me faz esquecer o saudoso Fizz de limão que em tempos consumi de forma alarve numa adolescência que custa a esquecer. O verão chegou, há refeições frias nos restaurante, esplanadas ao pé da rua, passos apressados em direcção às sombras que teimam em escassear. Por todo o lado, rostos suados, impacientes, asfixiantes, como se todos estivéssemos presos num elevador há muito parado. As horas derretem-se, os dias passam, só as manhãs e os finais de tarde são apetecíveis. Tudo o resto é insuportável. Na televisão, os donos do mundo preparam as reposições e quase que aposto que aí vem uma sucessão de apanhados que todos já vimos: Artur Albarran cinco anos mais novo a apresentar *Imagens Reais*; Henrique Mendes juntando de novo irmãs que já não se viam há vinte anos e que, depois do programa, se separarão de novo para nunca mais se verem: e, com sorte, pela centésima vez, a mítica série espanhola *Verão Azul* trará de novo as aventuras de Piranha e companhia.

Nos andaimes das obras a poesia urbana ganha novos contornos. De espátula na mão, os poetas do cimento constroem estranhas formas literárias e dão novo ânimo a mulheres de baixa auto-estima. Ouço: "Vem cá, que o pai unta-te".

Na rua, trocam-se olhares com promessas de sexo imediato, os cinemas deixam de ter gente à tarde, as lareiras das vivendas dão agora lugar a sumptuosos aquários de ração *nouvelle cousine* e o chão parece queimar os pés, como se estivéssemos a sair da praia descalços nas horas de maior calor.

Os septuagenários abandonam os casacos de lã e invadem os jardins públicos com o saco de soro escondido na mala, ao mesmo tempo que os netos, ainda não convencidos da diferença de idades que os separam, teimam em brincar com eles, preferindo sempre o esforço físico em detrimento de algo mais tranquilo como jogar às cartas ou ficar ali, sentadinhos, a ouvir as histórias bonitas do avozinho de quando tinha a mesma idade.

O cheiro do churrasco é agora o perfume que usa a vizinhança enquanto os homens se debruçam nas varandas, oferecendo o corpo descoberto e musculado à vizinha da frente. Esta, já desabituada destes jogos, sorri de forma cândida, olhando de soslaio para o marido, que permanece na sala elevando de forma pecaminosa a mão ao cabelo, em claro sinal de que outros dias virão, quem sabe se não tão distantes.

As conversas agitam-se nos copos, os gestos perfumam a imensidão da noite e todas as palavras se unem para um só rio, de corrente clara, de uma frescura pintada com lençóis de linho e pele húmida untada pelo orvalho da manhã que se aproxima. E o verão é isto, talvez mais, bem sei, mas é nesta estação que os olhares se encontram em cruzamentos que outrora se julgavam intransponíveis. O verão somos nós, mas já sem o olhar de inverno que encheu de gelo o copo que agora repousa, suado.

A menina está com escarlatina, disse o médico, enquanto te coçavas num dos braços. "A escarlatina é uma doença infecto-contagiosa, pega-se num instante, não precisa de se isolar mas tente não ficar próxima de ninguém durante os próximos dias. É natural que sinta comichão mas, se continuar a coçar-se desse modo, não lhe vejo rápidas melhoras. Tente abstrair-se disso, faça coisas, muitas, para que não tenha tempo de pensar que está com escarlatina."

Mas estavas, como se mil pulgas te tivessem assaltado o corpo e se divertissem a fazerem-te manchas e cócegas. Tu não te rias, só a comichão te consumia enquanto tentavas lembrar-te dos sítios em que terias andado e que te podiam ter passado tão pesada herança.

"A menina está com a escarlatina, não vai morrer", lembrou-te o médico, pensando que com isso suavizava a loucura que se adivinhava no teu rosto.

A escarlatina é pior que ter o diabo no corpo, disseste-me, enquanto do outro lado eu tapava o bocal do telefone com um pano de cozinha. Podemos ficar só com manchas mas em alguns casos a comichão junta-se a isto. Não nos podemos ver. Mais. Não nos podemos ver nunca mais, foi conselho do médico, revelas agora, mentindo com a brancura dos teus dentes. É uma das vertentes da doença, adiantas, que se manifesta quando as relações começam a prolongar-se em demasia. Já andamos há muito tempo. Estamos muito acomodados, já nem nos lembramos do primeiro dia, quando me encontraste descalça na esplanada da Praia. Do bilhetinho de papel trazido pelo empregado de mesa que me perguntava o nome, a idade e o livro que estava a ler. Da tarde de novembro, em que os dois nos atirávamos ao mar com a roupa que tínhamos no corpo. Daquela vez que ficámos juntos no carro, a noite inteira, no secreto esconderijo que só tu e eu julgamos saber. Que é feito de nós? Onde estão os secretos amantes desses dias? Onde pára o desejo de nos vermos só mais uma vez para dormirmos bem?

    E depois disso, sem me dares tempo para uma resposta, desligaste o telefone. Passei horas à tua espera que me ligasses, um dia, dois, demasiado tempo sem ti. Até ao dia em que, destemido, avancei para tua casa, irrompi pela porta cumprimentando a tua mãe e pedindo licença para entrar no teu quarto onde dormias às escuras. Tirei os sapatos, meti-me dentro dos lençóis devagarinho e, acordando-te, em vez de te dizer "amo-te" como de todas as vezes, apenas te pedi e roguei: "Pega-me a tua escarlatina!".

Hospital de S. João. Quatro da manhã. Entro no serviço de urgência pela porta principal onde uma maca em tons de branco me leva, já deitado, por um corredor largo e frio. Há vidas que me passam ao lado mas a minha segue aqui, deitada, correndo veloz por esta estrada imensa, ao mesmo tempo que vejo tudo a passar tão rápido, ora por um extintor de incêncio, ora, mais à frente, por uma camisola deixada ao acaso, um homem novo, a soro, que se arrasta entre camas improvisadas para doentes em espera, e uma senhora que, à minha passagem, se aproxima de mim e, estranhamente, se benze, olhando para o tecto como se este fosse um deus. Não faço ideia para onde me levam mas até agora fui em frente. Nada de outros caminhos, nem atalhos, apenas e tão só em frente. Uma porta abre-se à minha passagem e deparo-me com muitas luzes apagadas e uma senhora ao pé de mim com uma placa dourada que diz: "Tânia Oliveira – Enfermeira Anestesista".

Olhos muito azuis, cabelo largo e claro. Dedos finos e delicados e uma seringa nas mãos. "A senhora devia deixar isso, já não tem idade para vícios, é muito feio andar com seringas", adverti à chegada.

O senhor tem um problema no coração, diz já o doutor, que entretanto se aproximara chamando a si um estetoscópio, um medidor de tensão arterial e os olhos de Tânia, desculpem, a seringa de Tânia. "O seu coração está muito fraco e isto é a sala de operações", disse-me enquanto pegava numa espátula. "Você está a morrer de Amor, é maligno, lamento dizer-lhe que não lhe resta muito mais tempo, que não existe cientificamente uma cura para o mal de que padece. Não é o único, não será o único e só as radiografias que lhe vou tirar ao coração poderão dizer-me quanto tempo lhe resta." E nisto, com o lento aproximar da Tânia, esqueço a seringa que ainda transporta na mão e mergulho naquilo que me parecem ser agora dois profundos e celestiais lagos azuis que me afastam do mundo com imagens disformes e vozes cada vez mais distantes até se dissolverem num silêncio temeroso e baço.

O resto não sei, apenas a certeza de que acordei nesta cama, numa manhã como as outras, neste quarto onde agora repouso ligado a uma máquina, a pensar ainda em ti. Não demorou muito o silêncio. Comecei a ouvir passos cada vez mais rápidos a caminharem na minha direcção. A porta abriu-se e surgiu o doutor, com os olhos arregalados, gesticulando com palavras uma misteriosa descoberta.

"Afinal estava enganado, não é desta que morre, você tem cura, não há agora a menor dúvida, está tudo aqui, nas radiografias que lhe tirei ao coração. E no fundo era tão fácil, ao alcance de qualquer olhar, repare bem nelas, observe-as e diga-me o que elas dizem."

E então, nesse preciso momento, peguei nas radiografias que tinham tirado ao meu coração e estiquei os braços em direcção ao sibilante fio de luz que entrava pela única janela do meu quarto, reparando agora, com toda a clareza, que no meu coração, bem no meio do meu coração, estava inscrito um nome, o teu, em letras muito pequenas.

Por ti eu era capaz de morrer. E não penses que o digo sem pensar, não deve haver nada mais bonito que morrer por alguém, a não ser que morramos estupidamente num acidente por algo que não tivemos culpa alguma. Aí morremos, é certo, por alguém. Mas não tem sentido nenhum. É uma perfeita estupidez. Piaget, que dedicou parte da sua vida ao estudo da psicologia infantil, explicou que as crianças sentem necessidade de criarem personagens imaginárias para exercitarem as suas fantasias mais imberbes. Lembro-me de falar com as paredes e recordo até com alguma saudade alguns dos nomes dos meus amigos a fingir. Um era seguramente o "Bife" e o outro, se não me engano, era o "Carlão", um baptismo certamente importado de uma qualquer novela brasileira da época. Sei que falava com eles e recordo-me de trocar algumas impressões sobre a minha precária existência e de lhes dizer o quanto era incompreendido. Acho que fui sempre assim, nunca entendi muito bem o que se passava à minha volta. Defendia a época medieval, período em que uma mulher estava destinada a alguém mesmo antes de ver a cor dos olhos dos seus progenitores. Era esta seguramente a esperança que eu via para o nosso caso, já de si complicado e agravado ultimamente por esta separação. É o que me faz estar a escrever-te, a altas horas da noite, como se não tivesse mais nada que fazer senão pensar em ti. Tenho um sonho idílico criado a partir de uma perniciosa proximidade entre a tua casa e a estação de Campanhã. Sonho contigo no cais de embarque, banhada em lágrimas, a acompanhar o compasso lento do comboio com um lencinho nas mãos. A falares muito como todas as vezes e eu sem entender nada mas a dizer-te que "sim", que já estou também com saudades e que não me esqueço de te ligar quando chegar para dizer que estou bem. Tu choras, eu afasto-me cada vez mais e tu paras a dado momento por saberes que já não podes correr mais atrás de mim. Perdes-me naquela estação na certeza de me encontrares noutro dia, numa outra hora, já preparada para fazeres o mesmo com o teu lencinho que guardas no peito para estes momentos. E eu, mais longe, a ler nos teus lábios o que sentes por mim, a tentar decifrar, como sempre, aquilo que vai aí dentro. Dói-me tanto esta separação. Preciso de falar com um médico que me explique como ultrapassar esta dor, que me diga para quando o fim do sofrimento que me provoca o som dos carris que, sem misericórdia, me levam de ti. Os meus olhos vestem-se de luto, como se tivéssemos morrido os dois ali, a olhar um para o outro, impotentes, como se nada pudéssemos fazer para ficarmos juntos. Agora choro, já não aceno com a confiança dos dias gloriosos como que a dizer-te "não fiques assim, não chores, patetinha, isto não vai demorar nada, é só mais uma semana e estamos juntos outra vez". Agora choro quando não estás. Ainda não passei a estação de Aveiro e já os lenços que trazia no meu maço entreaberto se vão revezando como podem. "À frente dela não", penso para mim mesmo. À frente dela não. Mas custa, tu sabes que custa sentir que já não estás perto, como se algo em mim deixasse de fazer parte desse mundo que ambos sabemos um dia vir a ser nosso. Mas o sonho é só este e tudo muda quando acabares de ler esta carta, e tudo voltará à mesma, a estação sem tu estares lá, o telefone com as mensagens das pessoas que eu não quero e a falta de coragem que me faz não te ligar todas as vezes que queria. Daria tudo para que um dia soubesses tão bem como eu que o amor nos anda sempre a fintar num drible penoso, matando-nos a alma em compassos muito pequenos. Mas tu não estás aqui. Daria tudo para te ler esta carta em voz alta para te mostrar o que sinto, mas não posso porque tu não estás aí. Não é certo que eu perca a esperança de um dia conquistar-te à moda antiga, que isto das cartas que eu escrevo assim tu já não dás muito valor. Morria por ti – já disse – e a carta podia ter ficado por aí mas resolveu seguir em frente, como o tal comboio que corre desenfreado para parte nenhuma. Entra na minha estação, peço-te, compra o bilhete para a sala dos não fumadores, num lugar junto da janela e junta-te a mim para que isto seja mais fácil. Se uma carta fosse capaz de te mudar, estaria sempre a escrever-te até ao dia em que já não fosse preciso dizer-te mais nada. Mas tenho a desafortunada visão que será difícil consegui-lo porque o maldito destino quis que assim fosse. E tu, pergunto, poderás tu mudar o destino? Quem sabe num momento de grande coragem e nunca dessa fragilidade que me dizes estar a passar. Podia até aproveitar-me desse estado mas penso exactamente ao contrário. Se um dia te decidires por mim quero-te na máxima força, com a convicção de um político em cima de um palanque a debitar palavras de ordem. Quero palavras bonitas ditas com coragem, qual Joana d'Arc, por entre espadas erguidas a anunciar a vitória do amor.

Quero esse discurso bem estruturado, com muitas metáforas e redundâncias. Quero disparates como "tenho olheiras por tua causa" ou analogias como "a tua boca é o sal da minha vida" e, aí sim, eu serei feliz. Espalharei a boa nova por todo o mundo usando a internet e o nosso amor chegará mais longe que uma rede dominada pela Microsoft. Desculpa mudar o tom desta missiva, é um defeito que trago comigo desde sempre. Quando reparo que o conteúdo do que escrevo está demasiado triste, tento alegrá-lo com palavras desprovidas de muito sentido e que por vezes tiram a profundidade que até então estava a ser conseguida. Mas isto já não posso mudar. Nasceu comigo. Não suporto a ideia de ver alguém triste a pensar "coitadinho, este rapaz está mesmo a morrer de amor", sem dizer logo à frente que não, "não vou morrer assim por dá cá aquela palha". Faço mal porque perco a credibilidade que procuro almejar, mas por outro fico mais livre para te escrever da forma como sempre quis. E isso é profundamente meu.

O teu cheiro deixa-me perturbado. Gostava de saber onde o compras para encher a minha casa de ti e espalhar pelo gavetão das minhas roupas todo o teu perfume, em doses pequenas, para durar muito tempo. A minha casa está toda arrumadinha. Com o tempo fui aprendendo a disciplina dos dias que nos ensina que arrumar uma casa pode não ser assim tão complicado como, à partida, parece. Gosto da minha casa porque tu já lá estiveste, e sempre que lá entro imagino o que seria um dia encontrar-te envolta num cobertor muito quentinho, a acarinhar uma chávena de chá para a arrefecer enquanto fazias zapping na televisão, disfarçando que me sentias a chegar. E eu sei que tu me viste e vou de gatas ao teu encontro, como um gatinho muito pequeno que vai à procura de uma festinha das tuas. Mas tu estás de beicinho por eu ter demorado muito a chegar e só dizes "Chega-te para lá". E eu, como se tivesse compreendido exactamente o contrário, chego-me mais a ti dizendo "estou com frio e acho que estou doente", para ver se tu tens pena de mim. Mas tu nada. "Se estás doente, vai ao médico, não venhas é para aqui pegar-me os micróbios", e ris-te. "Tens aqui um Aspegic porque isso deve ser seguramente uma constipação por andares muito ao relento, se ficasses em casa mais tempo não estarias assim", continuas. E eu ainda quase não disse nada, apenas disfarço a vontade de te abraçar e de te dar mil beijos e passar todo o meu tempo a tirar-te pontinhos negros do nariz. Mas só sou capaz de olhar para ti e isso basta-me para perceber que tu serás sempre assim. "Vá lá, dá-me um bocadinho de cobertor, não custa nada, prometo que fico aqui quietinho", juro. E tu não dizes nada, como é o teu costume, e dás precisamente 1/5 do teu cobertor para eu não me aproveitar de ti. No fundo tu sabes que se me deres 3/5 ou mesmo 4/5 do teu cobertor, eu, mais uma vez, vou exceder-me e por isso não fazes concessões. Com um certo cinismo (mas dos bons) eu agradeço-te com um olhar de ternura o pouco que me dás, mostrando-te que sei que é muito pouco mas que a mim me sabe a muito. Mas tu és esperta e não vais na conversa. Cirurgicamente, elevas o som do televisor onde está a passar pela décima-quinta vez *Música no Coração* na RTP2. "Parece impossível", dizes em tom de desabafo. "Já vi este filme quinhentas vezes e no fundo nunca me canso de o ver", continuas. "Olha a Julie Andrews, esta é a parte em que eles vão cair do barco e ficar todos molhados." E, sem te aperceberes, chegas-te mais a mim e colocas a mão de forma quase perfeita em volta do meu pescoço, sem sequer perceberes a deliciosa sensação que me estás a provocar. O filme vai em frente e à medida que a história se vai desenrolando tu vais também transparecendo, nos gestos, o que vais vendo. É uma delícia. Quando o amor da vida da Julie Andrews chega e ela corre para os braços dele como se ele tivesse o sal da vida, sinto-te a chegar mais perto de mim e, na cena final, quando eles estão prestes a ser apanhados pelas forças nazis, apertas-me a mão com força, como se assim conseguíssemos passar a cena sem temer o pior. Eu nem quero acreditar que já passam as legendas finais e rogo mil pragas à RTP2 por não ter repetido o filme mais uma vez para aqueles que eventualmente tivessem chegado atrasados à sessão por qualquer motivo que agora não me ocorre, mas que seguramente se justificaria em pleno. O filme acabou. E eu também. Pode ser que amanhã haja mais filmes como este. Pode ser que mais uma vez nós estejamos nos papéis principais. Pode ser. Tudo pode ainda ser.

Quando, há uns anos, um jornalista da rádio Teerão pediu aos rios que deixassem de correr e às estrelas que deixassem de brilhar durante o funeral de Khomeini, eu estava longe de imaginar que fosse capaz de fazer um idêntico pedido se tu me faltasses. Já se vê que tu me faltas, mas existes, e só isso me basta para saber que há sempre uma razão, mesmo que seja a única, para acordar todas as manhãs.

De manhã faz frio lá em casa porque uma das janelas da cozinha tem uma pequena abertura onde todo o frio do mundo se reúne cedinho para me atormentar os pés. Acordo por isso todas as manhãs com os pés gelados porque durante a noite ando às voltas na cama a fugir dos sonhos maus e também dos bons, transformando o meu dormitório numa espécie de cabo das tormentas sem salvação à vista.

Chegou o Natal, as pessoas andam mais felizes porque vão chegando a nossa casa postais de parentes de que há muito não ouvíamos falar. Escrevi uma carta ao Pai Natal onde lhe peço que me dê tudo aquilo que mereço, mesmo sabendo que não mereço muito. Não lhe peço nada de especial porque sinto que o Pai Natal sabe do que eu preciso e, atendendo a isso, não deve demorar muito para que tenhas uma nova morada.

Chego à conclusão de que as pessoas têm medo de se apaixonarem porque têm medo de sofrer. Faz-me lembrar aquela velha situação em que tu chegas com um animal a casa e os teus pais o rejeitam liminarmente dizendo "mais um para termos um desgosto", "nem penses, leva-o daqui para fora enquanto é tempo" enquanto lhe vão fazendo uma festa no focinho.

A paixão é mais ou menos isso. Uma vontade de a agarrarmos sem reservas sem contudo a aceitarmos de ânimo leve. É isto, não é? Uma vontade de ficarmos para toda a vida com ela mesmo sabendo que um destes dias o mais certo é morrer atropelada por alguém que não a viu a tempo. Talvez por isto, a minha paixão por ti atravessa sempre nas passadeiras e olha para os dois lados antes de chegar à outra margem. Quero que saibas que a minha paixão por ti é órfã de pai e mãe, mas vive feliz na Casa do Gaiato. Não tem vícios, não bebe, não fuma e já não tem a esperança de encontrar os parentes que a fizeram nascer. Talvez porque tenha aprendido a crescer sozinha e se tenha habituado a essa condição, na certeza de que o mais importante na vida não é o triunfo, mas a luta para o alcançar.

A minha paixão já não chora à noite porque se lhe secaram as lágrimas e reduziram a terra húmida todos os seus sonhos. Já não espera pelo beijinho de boas-noites porque sabe que ele não vem e, por isso, num raro exercício de auto-estima abraça-se a ela própria como se estivesse a ser agarrada. A minha paixão não tem dono, não é de ninguém, é autodidacta e vive só por ela. A minha paixão existe, vive comigo sem estar aqui e é isso que importa. Porque se um dia ela morrer, gostaria que os rios deixassem de correr e as estrelas de brilhar.

No dia em que eu me transformar num CD, serei aquele que tiver todos os temas de que tu gostas. Serei um CD que demore muito a procurar, para rapidamente perceberes que será melhor se o deixares permanecer a teu lado, o tempo todo, para de quando em vez o ouvires a cantar para ti e o utilizares de forma cuidada. Para não me arranhares.

Serei um CD de edição limitada, raríssima, que não está à venda nas lojas habituais nem muito menos nos anúncios das Televendas. Serei o teu bem mais precioso, um CD brilhante, com as melhores críticas nos jornais especializados e que todos comentam à porta dos concertos.

Serei um CD só teu, para ouvires sozinha, quando todos se tiverem ido embora. Ansioso para que me tires da caixa onde permaneço embrulhado, na esperança de que me insiras na gaveta da aparelhagem e me ouças a derrubar o silêncio, como se te segredassem algo ao ouvido. E chega-te bem a mim para que eu te veja os olhos e põe o volume no máximo para me sentires bem alto e me descobrires a cada tema que passa. E só depois de me ouvires todo é que me podes fechar novamente, na triste escuridão de uma caixa de CD, que nada mais espera que não seja o outro dia, o da manhã seguinte, quando tu me abrires para ouvir outra vez.

    E aqui onde estou, neste feliz repouso, vou já avisando que sinto ciúmes dos CD's da moda, desde os velhinhos Rolling Stones ao novo dos Air. Que não suporto a altivez das colectâneas de sucesso nem muito menos dos novos CD's, que esperam vir a ser inquilinos do mesmo tecto. E, já agora, que não consigo disfarçar o ódio de estimação que tenho pelos CD's de música erudita que têm a mania que são mais que os outros, imigrantes de luxo, novos ricos sem gosto.

    Quero que saibas que eu sou o teu CD mais delicado. Que uma noite sem ti, são muitos meses. Que um dia sem ti, são muitos anos.

Ainda não acredito nas últimas horas que passámos juntos, ainda não me saiu o cheiro do teu corpo, ainda não me saiu nada. Guardo em mim cada um dos momentos, como se fossem todos eles os primeiros. Ainda estou a vive-los, quero que saibas, como se nunca mais acabassem. Cada um dos teus gestos, a forma meiga como me abraças, a tua voz rouca ao acordar, o teu cheiro, os teus olhos eternos, a tua boca muito pequena, o teu nariz, o pequeno sinal do lado direito da testa, os teus cabelos, meu amor, o teu corpinho de seda, o sabor do teu pezinho, o teu sabor, tu ao acordares, tu a dormires, tu acordada e dormente, tu, apenas tu. Por mais que não acredites acabo de te deixar em casa há pouco mais de dez minutos e já sinto saudades tuas, como se não pudesse viver sem ti, como se assim nada valesse a pena. E sei onde estás e ainda agora me está a apetecer ir ter contigo e fazer-te uma surpresa trazendo morangos de uma loja Extra que está ainda aberta na Rua de Campolide. Mas tenho medo de te acordar e interromper o teu soninho.

Quero que saibas, meu amor, que não existe ninguém igual a ti, nada, ninguém que se aproxime, que te faça esquecer por um bocadinho, mesmo que seja por um minúsculo instante. E só assim compreendo esta vontade de estar contigo, sôfrega, direi mesmo, desesperada, tonta, perdida, inconsolável por não te ter aqui perto, agorinha mesmo, ao meu lado.

Mas não importa a tua ausência quando eu sei, e sei mesmo, que tu estás aqui, embora invisível, embora sobrevoando a minha alma e sorrindo de cada vez que avanço no texto. E ainda agora olhei para trás, meu anjo, e lá estavas tu, cândida, irreal, estratosférica, com os teus pezinhos ao lado da minha boca, no alto, muito acima de mim, olhando para baixo e, de quando em vez, para cima, brincando à minha volta, voando em todo o espaço, de braços abertos como um enorme avião, seguro, majestoso e ainda assim leve e suave.

Daqui fala do posto de controle dos anjos "Alô, alô, escuta... escuta". Pede-se o favor de aterrar com urgência para reabastecimento e saída imediata com um novo passageiro. Há uma mensagem em código morse para si. Aqui vai.

A mensagem diz isto: "Estou preparado para altos voos; por favor, não me deixes aqui. Assinado: Robin".

Por hoje é tudo. Dorme bem.

Impresso em São Paulo, SP, em dezembro de 2016,
com miolo em off-set 75 g/m², nas oficinas da Forma Certa.
Composto em Cambria, corpo 14 pt.

Não encontrando esta obra em livrarias,
solicite-a diretamente à editora.

Escrituras Editora e Distribuidora de Livros Ltda.
Rua Maestro Callia, 123 – Vila Mariana
São Paulo, SP – 04012-100
Tel.: (11) 5904-4499 – Fax: (11) 5904-4495
escrituras@escrituras.com.br
vendas@escrituras.com.br
www.escrituras.com.br